现在它与月光交织在一起，

如柔软的泉水波光，悄然溜进屋里，

好似遍撒爱的抚摸，默默徘徊观望，

再款款深情地回来。

To the Lighthouse

到灯塔去

[英] 弗吉尼亚·伍尔夫————著

邹云　李筱莹————译

华中科技大学出版社
http://www.hustp.com
中国·武汉

图书在版编目（CIP）数据

到灯塔去 / (英) 弗吉尼亚·伍尔夫著；邹云，李筱莹译. —— 武汉：华中科技大学出版社，2020.9（2025.7重印）

（伍尔夫作品集）

ISBN 978-7-5680-6379-1

Ⅰ.①到… Ⅱ.①弗… ②邹… ③李… Ⅲ.①长篇小说—英国—现代 Ⅳ.① I561.45

中国版本图书馆 CIP 数据核字 (2020) 第 128103 号

到灯塔去　　　　　　　　　　　　　　　　　　[英] 弗吉尼亚·伍尔夫　著
Dao Dengta Qu　　　　　　　　　　　　　　　　　邹云　李筱莹　译

策划编辑：刘晓成
责任编辑：肖诗言
营销编辑：李升炜　邱鉴泓　倪梦　燕卉雯
责任校对：曾　婷
责任监印：朱　玢
装帧设计：璞茜设计

出版发行：华中科技大学出版社（中国·武汉）	电话：（027）81321913
武汉市东湖新技术开发区华工科技园	邮编：430223

印　　刷：湖北新华印务有限公司
开　　本：787mm × 1092mm　1/32
印　　张：9.75
字　　数：156 千字
版　　次：2025 年 7 月第 1 版第 11 次印刷
定　　价：36.80 元

本书若有印装质量问题，请向出版社营销中心调换
全国免费服务热线：400-6679-118　竭诚为您服务
版权所有　侵权必究

目录 CONTENTS

001 窗

183 岁月流逝

211 灯塔

窗

1

"当然可以,如果明天天气好,"拉姆齐夫人说,"但你得一大早就起床。"她紧接着说。

这些话让她的儿子欢欣雀跃,就好像这事儿已经敲定,远征必然会进行,他年复一年盼望的神奇之旅似乎触手可及,只待度过一夜的黑暗和一日的航行。年仅六岁的他已经属于那个庞大的族群,该族群的人无法隔绝不同的情绪,一定要用他们对未来或喜或悲的展望笼罩眼前的现实。因为对于这类人来说,即使是在幼年时代,感觉的车轮每一次转动,都有将暗淡或光亮的瞬间凝固定格的能力。詹姆斯·拉姆齐坐在地板上,剪着陆海军商店的配图目录上的图片。就在他的母亲和他说话时,他正无比幸福地剪下一幅冰箱的图片。就连这幅图片也被喜悦包裹着。独轮手推车、割草机、杨树的声响、落雨前泛白的叶子、秃鼻乌鸦的聒噪、扫帚的敲敲打打、衣裙的窸窣——在他的心目中，一切都那么光彩夺目，以至于他已经有了自己的专属密码，他的秘密语言。尽管他的外表看起来刻板、严厉——高高的前额、锐利的蓝眼睛，但他坦率纯洁得无可挑剔，一看见人类的弱点就眉头轻蹙，乃至于他的母亲，一边注视他用剪子灵巧地裁剪出冰箱的图片，一边想象他穿着饰有白貂皮的红色法袍坐在法官席上，或者在公共事件的某个危急时刻指挥一项严肃而重大的事业。

"可是，"他的父亲在客厅窗前停住脚说，"明天不会晴。"

要是手边有斧子、火钳或者随便什么能在他父亲的胸口戳个窟窿好弄死他的东西，詹姆斯当场就会抓起来。拉姆齐先生只要一出现，就会在他的孩子们的胸腔中激发出如此极端的情绪。他直挺挺地站着，就像现在这样，瘦削如刀，单薄如刃，讽刺地咧着嘴笑，让儿子的梦想破灭，对妻子付以嘲笑——她不管怎么看都比他要好一万倍（詹姆斯认为）——他不仅幸灾乐祸，还暗暗得意于自己的料事如神。他说的是真话。他说的总是真话。他不能说谎话，决不能歪曲事实，决不能为了取悦或通融任何凡夫俗子而更改一句逆耳的话，尤其是对自己的孩子们，他们传承了他的血脉，应该从小就意识到人生的艰辛、现实的无情；那片传奇大陆会熄灭我们最明亮的希望，把我们脆弱的小舟沉入黑暗（想到此处，拉姆齐先生就会挺直脊梁，朝着地平线眯起他的蓝色小眼睛），通向那里最需要的是勇气、真实，以及毅力。

"可没准儿会晴呢——我希望是晴天。"拉姆齐夫人不耐烦地说，稍微扭了扭正在织的红棕色长筒袜。如果今晚能织完，如果他们到底还是去了灯塔，就可以把它送给灯塔看守人，给他可能罹患髋关节结核的小儿子，连同一摞旧杂志，还有一些烟草，甚至四周她能找到的所有闲置物品，不见得有用却只是占着房间的东西，送给那些可怜的伙计们，他们一定终日闲坐，了无生趣，无所事事，只能擦擦灯盏，剪剪灯芯，耙耙他们那一小块园子，聊以自娱。被禁锢整整一个月，遇到暴风雨的天气，时间没准儿还要长，就待在网球场大小的一块礁石上,你觉得如何?她会问;而且没有信件或报纸,见不着一个人影儿;要是你结婚了,也见不着你的妻子,不知道你的孩子们情况如何——他们会不会病了,他们会不会跌倒摔断胳膊腿儿;望着一成不变的沉闷海浪日复一日地碎裂,而后一场可怕的暴风雨来到,窗户上飞沫四溅,鸟儿猛撞向塔灯,整块礁石摇摇晃晃,你不能探头出门以免被卷进大海,你觉得如何?她问,特别是对着女儿们问道。所以,她话锋一转,补充道,人们必须尽可能地为他们带去安慰。

"正西风。"无神论者坦斯利说,叉开他瘦骨嶙峋的手指,好让风从指间吹过,傍晚时分,他正与拉姆齐先生在露台上来来回回地踱步。换句话说,想要登上灯塔,现在的风向最糟糕不过。没错儿,他说的话真是不中听,拉姆齐夫人承认,他絮叨这些真是讨厌,让詹姆斯更失望了;可虽说如此,她还是不能让他们取笑他。"无神论者,"他们称呼他,"那个小无神论者。"罗丝嘲笑他,普吕嘲笑他,安德鲁、贾斯珀、罗杰嘲笑他,就连嘴里一颗牙都没有的老巴杰都要咬他,因为他是(按照南希的说法)第一百一十个一路追随他们到赫布里底①的年轻人,什么时候能让他们清静清静就好了。

"胡说。"拉姆齐夫人郑重其事地说。孩子们从她那儿学到了夸大其词的习惯,他们暗示(确有其事)她邀请了太多人暂住,甚至不得不安排一些人住到镇上,除了这些之外,她无法容忍他们对她的客人不礼貌,尤其是对年轻人,他们一贫如洗,"非常有才干。"她的丈夫说,他们是他的崇拜者,是来这儿度假的。的确,她将所有的异性护在自己的羽翼之下;至于原因,她无法解释,因为他们的骑士精神和英勇无畏,因为他们签订了条约,统治了印度,控制了财政;最后是因为他们对她的态度,类似信赖、天真和虔诚的态度,没有哪一个女人会不受用。年长的女性受到年轻男子的这般对待倒不失身份,若是换成哪位少女,就是大难临头——老天保佑,千万不要是她的女儿!——少女无法刻骨铭心地体会其中的价值和全部的内涵!

---

① 位于苏格兰沿海,呈弧形,分为内、外赫布里底群岛。

她突然严肃地斥责南希。坦斯利没有追随他们,她说,他是被邀请来的。

他们必须想办法解决这一切。或许有更简单的办法,没那么费劲的办法,她叹了口气。瞥向窗玻璃的时候,她看见了自己灰白的头发、凹陷的脸颊,五十岁,她想,或许她本可以把事情处理得更好——她的丈夫,金钱,他的书籍。但是就她自己而言,她一秒钟都不会后悔自己的决定,不会逃避困难或者漠视责任。在她如此严厉地谈完查尔斯·坦斯利之后,她的女儿们,普吕、南希、罗丝,从她们的盘子上抬起目光,母亲让她们望而生畏——她们只能沉默地玩味自己离经叛道的念头,她们为自己酝酿的念头,是她们要过一种与母亲全然不同的人生;或许去巴黎,过一种更洒脱不羁的人生;不用总得照顾这个或那个男人;因为她们每个人都在心里无声地质疑这种敬重顺从的骑士精神,质疑英格兰银行和印度帝国,质疑戴戒指的手指和蕾丝花边,虽然对于她们所有人来说,这一切蕴含几许美的本质,唤起了这些少女内心中的男子气概,让她们坐在桌边面对母亲的视线时,对她不可思议的严肃和异乎寻常的礼貌肃然起敬,她为了那个追随他们来到斯凯岛①——或者,准确地说,应邀与他们同住——的讨厌的无神论者而严词厉色地告诫她们时,就仿佛一位王后从污泥中抬起乞丐的脏脚为他清洗一样。

"明天上不了灯塔。"查尔斯·坦斯利说,他合拢双手,与她的丈夫一同站在窗边。真是的,他说得够多了。她希望他们继续谈话,都别来打扰她和詹姆斯。她看着坦斯利。他就是这样一个令人生厌的怪人,孩子们说,驼背,眼窝凹陷,真是扎眼。他不会玩板球,他只会拨弄它;他拖着脚走路。他是一头尖刻的畜生,安德鲁说。他们知道他最喜欢干什么——一边没完没了地走来走去,走来走去,同拉姆齐先生一起,一边说谁赢了这个,谁得了那个,谁是拉丁诗歌"第一流的人物",谁"虽有才气但我觉得根本不牢靠",谁毫无疑问是"贝利奥尔②最有本事的家伙",

---

① 苏格兰西部赫布里底群岛中最大、最靠北的岛屿。
② 贝利奥尔学院是牛津大学最著名、最古老的学院之一。

谁暂时在布里斯托尔①或贝德福德②韬光养晦，但等到日后他在数学或哲学某分支学科的绪论公之于众，必定会为人所知，如果拉姆齐先生想看，坦斯利先生随身就带着几页绪论的样稿。那就是他们的谈话内容。

她有时候会忍俊不禁。几天以前，她说了什么"巨浪滔天"。没错，坦斯利先生说，那是略微汹涌。"您难道没湿透？"她说。"潮湿，但没湿透。"坦斯利先生一边说，一边捏捏他的袖子，摸摸他的袜子。

但那并不是他们介意的，孩子们说。不是他的脸，不是他的举止。是他——他的立场。每当他们谈些有趣的事情，人物、音乐、历史，不管什么事儿，哪怕说的是在这个美好的夜晚为何不到门外坐坐时，查尔斯·坦斯利都会跳出来唱反调，总要设法表现自己，贬低他们，否则就不会心满意足，那才是他们对他的抱怨所在。他们说，他就连去画廊都会问别人是否喜欢他的领带，天晓得，罗丝说，

---

① 位于英格兰西南区域，英国西南地区最大的城市。
② 英国贝德福德郡的首府。

没人喜欢。

用餐一结束,拉姆齐先生和夫人的八个儿女就像牡鹿一样悄无声息地从餐桌旁边消失,赶回他们的卧室,他们的房中堡垒,家中唯一一个可以讨论任何事、每件事的清静之处,像是坦斯利的领带、改革法案的通过、海鸟和蝴蝶、人。那些阁楼房间彼此之间只隔着一道厚木板,甚至每一次响起的脚步声和那个瑞士少女为她在格里森谷身患癌症、奄奄一息的父亲而抽泣,都能被清清楚楚地听到,阳光倾入阁楼,照亮球拍、法兰绒衣服、草帽、墨水瓶、颜料罐、甲壳虫,以及小鸟的头骨时,也将钉在墙上那一根根长长的、边缘起皱的海草晒出一股腥咸和水草的味道,洗完海水澡后所用的、沾着沙粒的毛巾也会有这种味道。

矛盾冲突、分裂对立、各执己见、偏见歧视仿佛拧进了生命的每一丝纤维,哎呀,他们竟然小小年纪就要开始这样,拉姆齐夫人哀叹。他们如此吹毛求疵,她的孩子们。他们这般胡说八道。她牵着詹姆斯的手从餐厅出来,因为他不会与其他人一起离开。在她看来,那都是胡说八道——制造分歧,天知道,就算不制造,人的分歧也够多了。真正的分歧，她想，站在客厅的窗边，已经够了，足够了。此时此刻，她想到了贫穷富贵、高低贵贱；半怀着几分敬意，她想到了他们从她这里继承的高贵血统，因为她的血管里面流淌的不正是略显神秘的意大利贵族的血液吗？十九世纪，意大利的大家闺秀分散到了英国各地的客厅，她们谈吐风雅，令人神魂颠倒，她的才情、她的风度、她的性情，一切都源于她们，而非迟钝的英国人，或者冷淡的苏格兰人；然而，让她深思熟虑的则是另外那个贫富问题，以及每周和每天，这里或伦敦，她的亲眼所见。她手挽提包，亲自拜访这个寡妇或那个苦苦挣扎的妻子，用铅笔仔细地在笔记本上分门别类地写下一排排薪酬和开销、就业和失业的情况，她希望自己不再是怀着私心的女人，那种女人的仁慈一半是为了平息自己的义愤，一半是为了满足自己的好奇心，她希望自己成为阐明社会问题的调查员，成为她不谙世事的内心万分景仰的那类人。

她站在那儿，牵着詹姆斯的手，在她看来，那些都是无法解决的问题。那个被他们嘲笑的年轻人已经随她走进客厅；他站在桌边笨拙地摆弄着什么，无所适从，她不用回头就知道。他们全都走了——孩子们,明塔·多伊尔和保罗·雷利,奥古斯塔斯·卡迈克尔,她的丈夫——他们全都走了。于是,她叹口气,转过身说:"可以麻烦您陪我出去一趟吗,坦斯利先生?"

她要去镇上办件枯燥的差事;她还有一两封信要写,也许需要十分钟;还要戴帽子。十分钟之后,带着她的篮子和阳伞,她再次出现,表示自己准备就绪,可以出发。不过,他们经过草地网球场时,她不得不停下片刻,问问卡迈克尔先生是否需要带些什么,他正眯缝着猫儿一般的黄色眼睛晒太阳,它们还真像猫的眼睛,似乎映出了拂动的树枝或飘荡的云朵,却丝毫没流露出内心的想法或情绪。

他们要进行一次伟大的远征,她笑着说。他们要去镇上。"邮票,信纸,烟草?"她停在他的身边提议。可他不要,他什么也不要。他双手交叉,搁在大肚腩上,眨眨双眼,就好像他本想温和地回答那些好言好语(她风韵犹存却略显神经质),却无能为力,他置身于环抱所有人的灰绿色之中,睡意朦胧,不言不语,在宽大仁慈的祝福中昏昏欲睡;

祝福整幢房屋，祝福整个世界，祝福所有的人，因为午餐时他往杯子里滴了几滴东西，孩子们认为那就可以解释为什么他原本乳白色的胡子会沾染上一道清晰的淡黄色。不，什么都不要，他喃喃低语。

就在他们沿着路走向渔村时，拉姆齐夫人说，他本该是一位伟大的哲学家，如果没有那一场不幸的婚姻的话。她一边直直地撑着她的黑色阳伞，散发出一种难以名状的期待气息，仿佛即将在街角与某个人相会，一边讲述卡迈克尔的往事：在牛津他与某位姑娘的风流韵事；早早结了婚；贫困；前往印度；翻译了一点诗歌，"非常优美，我认为。"心甘情愿地教孩子们学习波斯语和印度斯坦语，可实际上那又有什么用处呢？——然后就是躺在草地上，就像他们刚看到的那副样子。

这让他受宠若惊；拉姆齐夫人竟然告诉他这些，这让一向备受冷落的他备感欣慰。查尔斯·坦斯利振作精神。而且她说的话暗示男人具有非凡的才华，即使潦倒，暗示所有的妻子——她并没有谴责那个姑娘，而且她相信他们的婚姻曾经非常幸福——都要服从丈夫的工作。她让他产生了前所未有的自豪感,他想,要是他们乘坐出租车,他情愿由他来支付车费。至于她的小手提袋,他可以帮她拎着吗?不,不,她说,她总是自己拎着那个。她也确实如此。没错儿,他觉得她就是这样。他感触良多,感到某种令他既兴奋又烦恼的特别的东西,原因他无从解释。他希望她看到他,穿着礼袍,披着垂布①,走在队伍里。研究员职位、教授职位,他觉得一切皆有可能,仿佛看到了那样的自己——可她在看什么呢?看一个男人在张贴一幅广告。那幅呼扇呼扇的巨大纸张被贴得平平整整,刷子每刷动一次就露出水灵灵的大腿、环圈、马、发光的红色和蓝色,光滑漂亮,直到半面墙都被马戏团的广告占满;一百名骑手,二十头演出的海豹、狮子、老虎……她因为近视而抻长脖子,她读出声来……"即将造访本镇。"她读道。只有一条胳膊的人这样站在梯子顶上干活儿真是太危险了,她突然叫起来——两年前,那个贴广告男人的左臂被收割

---

① 学位服由学位帽、流苏、学位袍和套头三角兜形垂布四部分组成。垂布,又称披肩,其饰边的颜色标志不同的学科专业。

机截断了。

"咱们都去吧!"她大声说,继续往前走,就好像那些骑手和马已经让她满心都是孩子气的狂喜,甚至忘记了自己的怜悯。

"咱们去吧。"他说,一字一顿地轻声重复她的话,只是难为情的样子让她蹙眉。"咱们都去看马戏吧。"不。他说的不对,他的感觉不对。但为什么不对呢?她觉得奇怪。他怎么了?此时此刻,她由衷地喜欢他。难道小时候没人带他们看过马戏?她问。没有,他回答,仿佛她的问题正中他的下怀;这些天他一直渴望倾诉,他们为什么不看马戏。那是个大家庭,兄弟姐妹九个,全靠他的父亲辛劳工作养活。"我父亲是个药剂师,拉姆齐夫人。他开了一家店。"从十三岁开始,坦斯利就自己谋生了。冬天出门他经常没有厚外套。他在大学无法"酬报盛情"(这是他干瘪生硬的原话)。他得让他的东西的使用时间是其他人的一倍;他抽最廉价的烟草,劣质烟丝,跟码头老汉抽的一样。他工作努力——每天七小时;他现在的课题是某物对某人的影响——他们继续走着,拉姆齐夫人不太明白他的意思,只听到零散的只言片语……论文……研究员……准教授……讲师。她听不懂他飞快地脱口而出的那些讨厌的学术术语，只能在心中对自己说，现在知道看马戏为什么让他无法自持了，可怜的小伙子，还有他为什么立即就把他的父母和兄弟姐妹和盘托出，她可不能再让孩子们笑话他了。她要把这个告诉普吕。她猜测，他乐于说起的应该是如何与拉姆齐一家一同观赏易卜生，而不是看马戏。他是一个讨厌的书呆子——哦，没错儿，令人难以忍受的烦人家伙。因为，虽然他们此时已经走上镇子的主街，轧过鹅卵石的马车嘎吱作响，可他还在滔滔不绝，关于住的地方，还有讲课，还有工人，还有帮助我们所处的阶级，还有讲座，直到她断定他已经完全恢复了自信，从看马戏的插曲上平复过来，而且正要（这会儿她又由衷地喜欢他了）告诉她——可是，正在这时，两边的房屋消失了，他们来到了码头，整片海湾展现在他们的面前，拉姆齐夫人忍不住惊叫："啊，多美啊！"她的眼前尽是广阔、蔚蓝的海水；灰白色的灯塔，遥远、古朴，矗立于海中央；朝右边极目远眺，绿色的沙丘野草低低地绵延起伏，渐渐褪去色彩，模糊直至消失，似乎在不停地逃往某个杳无人烟的月球国度。

那正是她的丈夫喜爱的风景,她停下脚步说,她灰色的眸子里色彩更深了。

她停顿了片刻。这会儿,她说,艺术家们已经到这儿了。确实,几步之外,就站着其中一位,戴着巴拿马草帽,蹬着黄靴子,严肃、温柔、全神贯注,尽管被十来个小男孩儿围观,但他通红的圆脸庞还是流露出深深的满足感。他在凝视,接下来,凝视过后,他蘸上颜料;画笔的末梢浸入一小坨柔和的绿色或粉色。自从庞斯福特先生三年前来过之后,所有的画都成了这副样子,她说,绿色和灰色,柠檬色的帆船,还有海滩上的粉色女人。

正当他们打那儿经过时,她小心地瞥了一眼那画。我祖母的那些朋友们,她说,他们作画真是煞费苦心,他们先是混合颜料,接着研磨颜料,然后盖上湿布好让它们保持潮湿。

于是坦斯利先生猜想她是想让他明白,那个人的画太寒酸,人家都是怎么说的?颜色不纯正?人家都是怎么说的来着?受到一路走来不断高涨的那种异常情绪的影响:

那种想帮她拎包的情绪在花园出现，在城镇升温——那时他想告诉她关于自己的一切，他开始发现他自己以及他已知的每样东西，都有些扭曲了。真是奇哉怪哉。

他随她来到一栋狭小的房屋，站在客厅等候她，而她要上楼片刻，拜访一名妇女。他听到她飞快上楼的脚步声；听到她欢快而后又低落的声音；他看看垫子、茶叶罐、玻璃罩；他等得急不可耐；他急切地渴望踏上归途；他打定主意要为她拎包；接着他听到她出来，关门；她让他们一定要打开窗户、关上门,他们需要什么就到她家去说一声（她一定是在跟一个孩子说话），突然，她走下来，默默地站了一会儿（仿佛楼上的她是逢场作戏，现在需要片刻才能做回自己），她背对着一幅披挂蓝色嘉德①绶带的维多利亚女王画像，一动不动地站着；就在这个时刻，他恍然大悟：是这样，是这样——她是他见过的最美的人。

群星在她的双眼里，薄纱在她的发丝上，还有仙客来

---

① 嘉德勋位（全称最高贵的嘉德勋位）是英格兰爵位等级制度中的最高级。

和野生的堇菜——他在胡思乱想什么?她至少五十岁了;她有八个孩子。她穿行在花开的田野,将残破的花蕾和坠地的羔羊拢在怀中;群星在她的双眼里,薄纱在她的发丝上——他拎上她的手提包。

"再见,埃尔西。"她说,他们走上街道,她直直地撑着她的阳伞,仿佛期待着在街角与某个人相会,查尔斯·坦斯利有生以来第一次感到一种超乎寻常的骄傲;一个正挖下水道的男人停下手里的活儿,看向她,垂下胳膊,看向她;查尔斯·坦斯利有生以来第一次感觉到一种超乎寻常的骄傲;感觉到风,感觉到仙客来,还有堇菜,因为他正与一位美丽的女人同行。他拎着她的手提包。

2

"去不成灯塔了,詹姆斯。"坦斯利说,顾及拉姆齐夫人,他试图让自己语气柔和一点儿,至少听起来得亲切。

讨厌的小伙子,拉姆齐夫人想,为什么又说起那个?

3

"也许等你醒来,发现阳光灿烂,小鸟儿在唱歌。"她怜惜地说,为小男孩儿捋顺头发,因为她看得出,丈夫说明天不会晴的刻薄话已经让他黯然神伤。她知道,这回到灯塔去是他的殷切期盼,好像对她的丈夫说明天不会晴的刻薄话犹嫌不足似的,这个讨厌的小伙子又哪壶不开提哪壶。

"也许明天会晴。"她说,捋顺詹姆斯的头发。

她现在能做的只能是赞美那幅冰箱图片,翻翻商店目录,希望能发现类似耙子、割草机之类的东西,它们的尖头和手柄需要最高超的技巧和最细致的耐心才能剪出。这些年轻人都在拙劣地模仿她的丈夫,她思忖;他说要下雨,他们就说绝对要刮龙卷风。

可是此时,正在她翻动书页时,她对耙子和割草机的搜寻突然被打断了。粗哑的低语不时因为烟斗从话者嘴里进进出出而中断,她虽然听不到他们在说什么(因为她坐在朝露台敞开的窗边),却可借此认定男人们正在愉快地交谈；这种声音取代了充斥在她耳边的各种声响，比如球与球拍的撞击声、玩板球的孩子们时不时倏然发出的尖利叫喊声"怎么了？""怎么了？"，到这会儿已经持续了半个钟头，令人安心，此时却停下了；海浪拍击海滩的单调声响，在她想来，大抵是平和舒缓的节拍，似乎是她坐在孩子们身旁时大自然的呢喃，一遍遍地重复某支古老摇篮曲的歌词，抚慰人心，"我在守护你——我是你的依靠。"但在其他时候，突出其来地，出乎意料地，尤其是在她的注意力稍微游离于手头的活计时，这种声音便不再有慈祥的意味，倒像幽灵般的隆隆鼓声，无情地敲击着生命的节拍，让人想到岛屿被摧毁，被大海吞没，那声音警告汲汲忙忙任光阴流逝的她，一切皆如彩虹般短暂——这种淹没和隐藏在其他声音之中的声音骤然在她的耳边轰然沉闷地响起，一时让她惊惧地抬起目光。

他们停止了交谈，那就是缘由。刹那间，她摆脱掉攫住自己的不安，却陷入了另一种极端，那是一种冷静、愉快，甚至有些不怀好意的心理状态，仿佛是为了补偿自己毫无必要的情绪消耗；她断定，可怜的查尔斯·坦斯利被抛弃了。

那对她来说无关紧要。如果她的丈夫需要祭品（他确实需要），她乐于把朝她的小儿子泼冷水的查尔斯·坦斯利献给他。

她抬起头，又倾听了须臾，好像在等待某种自己习惯的声音，某种如机器般有规律的声音；接着就听到花园里传来抑扬顿挫的声音，似说话又似吟唱；她的丈夫正在露台上来回踱步，发出的声音介于低沉和鸣啭之间；她再次感到安心，再次确信一切都很好，低头看向膝头的书，找出一幅六刃小折刀的图片，这幅图片需要詹姆斯万分小心才能剪下来。

乍然响起一声大喝，仿佛梦游的人在半梦半醒之间的叫喊，大概是

冒着炮火和霰弹[①]

[①] 出自阿尔弗雷德·丁尼生的《轻骑兵队的冲锋》，引文选自《丁尼生诗选》，黄杲炘译，1995年。该诗描写了克里米亚战争的巴拉克拉瓦战役。

响彻耳畔的吟诵，让她忧心地四下环顾，想看看是否有人也听到了。只有莉莉·布里斯科，她庆幸地发现。那就没关系。不过看见那个姑娘正站在草坪边上画画，这倒提醒了她；她本应该尽量保持头部原来的动作不变，好让莉莉作画。莉莉的画！拉姆齐夫人笑了。她有双中国人一样的眼睛，还有皱缩成一团的脸孔，她绝对不会结婚；人们不会太把她的画当回事儿；她是一个有主见的小家伙，而拉姆齐夫人正是为此喜欢她；所以，想起她的允诺，拉姆齐夫人低下了头。

4

真的，他挥舞着双手大喊大叫地冲向她，差点儿撞翻了莉莉的画架，"我们善骑又勇敢"①，不过幸好他"猛地调转马头"，"策马离去"，莉莉猜想他就要英勇献身在巴拉克拉瓦高原了。没有任何人像他这样可笑又可怕。但

---

① 出自《轻骑兵队的冲锋》，原文为"他们善骑又勇敢"。

他只要保持这个样子，挥手、叫喊，她就安全了；他不会站立不动地看着她的画，那可是莉莉·布里斯科无法忍受的。即使正在盯着色块，盯着线条，盯着色彩，盯着与詹姆斯一同坐在窗边的拉姆齐夫人，她还是会对周围环境保持警觉，唯恐猛地发现有人无声无息地靠近，前来看她的画。她所有的感官现在都活跃起来，注视、凝视，直到那面墙和远处铁线莲的色彩烙入她的眼帘，此时她注意到有人离开房子，正向她走来；凭她对于步伐的直觉来看，那人是威廉·班克斯，于是尽管她的画笔颤抖，她却没有像看见坦斯利先生、保罗·雷利、明塔·多伊尔或者不管是什么别的人那样将油画倒扣在草坪上，而是任其竖立。威廉·班克斯站在了她的身旁。

他们都借住在村里，同进同出，夜晚站在门垫上告别，聊过关于汤、关于孩子、关于这样那样让他们交好的琐事；因此当他现在以评判的架势站在她的身边时（他的年纪足以当她的父亲，他是一位植物学家、一个鳏夫，散发着肥皂的味道，极为严谨，干干净净），她就站在那儿。他也站在那儿。她的鞋子相当不错，他注意到。它们可以让脚趾自然舒展。同住在一个屋檐下,他还注意到她的生活是多么有规律,早餐以前起床,出门画画,他想,她孑然一身,大概贫穷,当然没有多伊尔小姐的容貌和风情,但她通情达理,因此在他看来,她要比那位年轻的女士更加出色。比如,拉姆齐此时冲向他们,大喊大叫,手舞足蹈,他便确信布里斯科小姐一定能明白。

是错误命令。①

拉姆齐先生瞪着他们。他瞪着他们,却似乎对他们视而不见。这实在让他们两人有些尴尬。他们一同看到了一件从未想到会看到的事情。他们撞破了一桩私事。班克斯先生随即说天有些凉,提议散散步,于是莉莉想这或许是他躲开,到听不见声音的地方去的借口。好的,她愿意去。可是她的目光从她的画作上移开时颇有些留恋不舍。

铁线莲紫得明艳,墙壁白得耀眼。她认为篡改明艳的

---

① 出自《轻骑兵队的冲锋》,原文为"尽管士兵们知道,是错误命令"。

紫色和耀眼的白色是弄虚作假的行为，因为她看到的它们就是如此模样，但自从庞斯福特先生来过之后，风靡一时的是看什么都得是暗淡的、雅致的、半透明的。颜色下方还要有阴影。凝视的时候，她能如此清晰，如此居高临下地看到一切；手持画笔的时候，一切都变样了。就在她欲将头脑中的画面转移至画布的那一刻，恶魔就会向她发起攻击，常常使她泫然欲泣，使得这条从想法到作品的通道可怕得就像是小孩子要走过的黑暗走廊。她时常感觉自己就是如此——与可怕的差距抗争，才能保持勇气，才能说："可这就是我看到的，这就是我看到的。"才能将视觉印象的可怜残余紧紧抱在胸前，而上千种力量正竭力要将它们从她那儿拉扯出来。而就在那凉风侵袭之际，在她开始作画时，她的其他杂念如泰山压顶般袭来：她自己的不足，她的低微，她要在布朗普顿路①为父亲操持家务，她要千方百计控制自己的冲动（感谢上苍，到目前为止，她一直能忍住），以免扑上拉姆齐夫人的膝头并对她说——但又能

---

① 伦敦的一条路。

对她说什么？"我爱你？"不，那不是真的。"我爱这一切。"同时冲着树篱，冲着房子，冲着孩子摆摆手。真是荒诞，那是不可能的。所以此时她把画笔整齐地并排放进盒子，对威廉·班克斯说："忽然冷了。阳光似乎没那么暖和了。"她边说，边环顾四周，阳光灿烂，草地依然是柔和的深绿色，房屋醒目地矗立于夹杂着紫色西番莲的一片青翠之间，秃鼻乌鸦在碧蓝的苍穹中吐出悲鸣。可是有什么东西划过，银色的翅膀在空中翻转，一闪而过。毕竟时值九月，而且是九月中旬的傍晚六点之后。所以他们沿着惯常的方向缓步而行，走过花园，经过草地网球场，越过蒲苇地，来到密实树篱的那处缺口，火把莲守卫着那里，它犹如烧旺煤块的火盆，使缺口处的蓝色海湾看起来比平时更加湛蓝。

出于某种需要，他们每晚都要到那里。好像随着悠悠荡荡的海水，在陆地上逐渐凝滞的思绪会扬帆起航，甚至连身体也感到一种放松。起初，蓝色的海浪有节奏地拍击，将海湾染上一片蓝色，令人心旷神怡，好似身体随波漂流，只是转瞬之间，汹涌波涛的黑色浪尖却叫人心中一凛，寒意顿生。随后，几乎每个傍晚，一股白色的泉水都会从那块黑色巨礁的后面喷薄而出。由于出现时间不定,人们不得不静待守候,在它出现时,喜不自胜;在灰白色、半圆形的海滩上等待时,你会看到,一波接一波的海浪,一次又一次流畅地蜕下一层层珍珠母似的光彩。

他们俩站在那儿微笑。他们俩先是被涌动的海浪而后被一艘破浪疾行的帆船激发出一种共同的欢乐感觉;帆船在海湾上划出一道弧线,驻泊、摇荡、落帆;接下来,怀着追求画面完整的自然本能,欣赏完帆船的飞速运动之后,他们俩望向远处的沙洲,突然生出某种取代了欢喜的忧伤——半是因为曲终人将散,半是因为遥远的风景似乎比看风景的人要多存在上百万年(莉莉想到),而早在那时,它便已经与俯瞰沉睡大地的天空水乳交融。

眺望远处的沙丘,威廉·班克斯想到了拉姆齐,想到了威斯特摩兰①的一条路,想到了拉姆齐沿着路独自迈步徘徊,似乎生就一副孤独的模样。但他的状态突然被打断了,威廉·班克斯记得(而且这一定涉及某个真实事件)打断

---

① 威斯特摩兰郡,英国英格兰西北部旧郡,今坎布里郡的一部分。

他的是一只支棱起翅膀保护一群小鸡的母鸡,拉姆齐停下脚步,用手杖指着母鸡说"漂亮——漂亮",他的内心受到一种奇特的启发。班克斯认为这表现了拉姆齐的天真和他对弱者的同情;可他似乎觉得,他们的友情仿佛就在那儿,就在那段路上,中止了。在那之后,拉姆齐结婚了。在那之后,因为这样或那样的原因,他们的友情名存实亡。谁是谁非他没法儿说,只是一段时间以后,旧情代替了新意。他们再次相见,只是为了重复旧情。与沙丘无言交流时,他坚信自己对拉姆齐的感情无论如何都没有减退;就像一具青年的尸体,在泥地里躺卧一个世纪,双唇依然红润,他的友情,躺卧在海湾彼岸的沙丘之中,敏锐而真切。

他忧心忡忡,为了这份友情,或许也是为了在心中澄清自己已经枯槁干瘪的污名——因为拉姆齐生活在一群活蹦乱跳的孩子中间,可班克斯无儿无女,是个鳏夫——他急切地希望莉莉·布里斯科不要轻视拉姆齐(按照他自己的思考方式,他是一位伟人),而应该了解隔在他们中间的是什么。他们的友情始于多年以前,从威斯特摩兰的一条路上开始减退,就在那儿,那只母鸡支棱起翅膀挡在它的小鸡前面；从那之后，拉姆齐结婚了，他们分道扬镳，当然这不是谁的过错，只是某种趋势，在他们重逢时，这一趋势要周而复始。

是的。就是这样。他总结。他转身离开那片风景。转而从另一个方向返回，走上汽车道，班克斯先生意识到一些事情，如果没有那些沙丘让他得到了他的友情遗骸正双唇红润地躺在泥地中间的启示，他是不会突然想起这些事情的——比如，卡姆，那个小姑娘，拉姆齐最小的女儿。她在岸边采香雪球。她任性乖戾。不肯听保姆的话，"送一朵花给这位绅士。"不！不！不！她就不！她捏紧拳头。她跺脚。于是班克斯先生觉得自己垂垂老矣，黯然神伤，他的友情不知怎么地就被她误解了。他一定是枯槁干瘪了。

拉姆齐一家不富裕，真不明白他们是如何应付这一切的。八个孩子！靠哲学养活八个孩子！这儿又是一个，这次是贾斯珀，他悠闲地经过，去打一只鸟儿，他漫不经心地说。走过的时候他握着莉莉的手使劲摇了摇，惹得班克斯先生悻悻地说她怎么就这么人见人爱呢。现在还要考虑教育（诚然，拉姆齐夫人也许自有主张），更不用说那些

"了不起的家伙们"日常必不可少的鞋袜磨损,他们全都是发育良好、棱角分明、冷漠无情的年轻人。至于他们哪个是哪个或者长幼排行,他可搞不清楚。他私下里会用英国国王和女王的名字称呼他们:顽劣的卡姆、冷酷的詹姆斯、正直的安德鲁、美丽的普吕——普吕定会出落成美人,他想,她怎么可能不是美人呢?——还有安德鲁定会聪明智慧。他沿着汽车道往前走,莉莉·布里斯科对他的评论说着"是"或"不是"的结语(因为她喜爱他们所有人,喜爱这个世界),这时班克斯权衡了拉姆齐的情况,同情他,羡慕他,好像已经看到他抛弃了年轻时为他带来一切荣耀的遗世独立和川淳岳峙,如今就像那只母鸡,实实在在地被扑扇的翅膀和咯咯乱叫的家庭生活所拖累。他们给了他一些东西——威廉·班克斯承认;如果卡姆在他的外套上插一枝花或者攀上他的肩头,就像攀上他父亲的肩头,去看一幅维苏威火山爆发的图画,倒也令人惬意畅快;但他们也破坏了什么,他的老朋友对此不会一无所觉。陌生人现在会怎么想?这位莉莉·布里斯科会怎么想?谁会注意不到他日渐形成的习惯,怪癖,或者说缺点?像他这样有才华的人竟然如此堕落——不过这种措辞太苛刻了——竟然如此依赖于人们的称颂，真是令人惊讶。

"哦，可是，"莉莉说，"想想他的工作！"

每当她"想想他的工作"，她眼前总会清晰地出现一张巨大的厨房餐桌。那可是拜安德鲁所赐。她问他，他父亲的书说了些什么。"主体和客体和真实的本质。"安德鲁说。当时，她说天啊，她对此完全一头雾水。"那就想想一张厨房餐桌，"他对她说，"而你却不在那儿。"

于是，现在只要她一想到拉姆齐先生的工作，就总会看到一张擦拭干净的厨房餐桌。它这会儿被搁在一棵梨树的枝杈上，因为他们已经走到了果园。挣扎着努力集中注意力，她不去想树上长着银色树瘤的树皮或者鱼形的叶子，而是把精神集中于厨房餐桌的幻象上，一张擦拭干净的木板桌，有纹理和节疤，多年来的完整结实将它的价值显露无遗，它就固定在那儿，四条桌腿悬空。自然，如果一个人日复一日地看到事物的生硬本质，似火云霞、碧波银浪的美丽夜晚全都会被简化成一张四腿的白杉木桌子（而且这样做是头脑最出色的标志），那么人们自然无法用评判普通人的方式评判这个人。

　　班克斯先生因为她请他"想想他的工作"而喜欢她。他早就想过了，几次三番。无数次，他说，"拉姆齐是那种四十岁之前就达到事业巅峰的人。"年仅二十五岁，拉姆齐就凭借一本小书，为哲学做出了切实的贡献；后来的工作只是对前著或多或少的详述和引申。不过，无论对于什么事，能够做出切实贡献的人屈指可数，他说，在梨树旁边停下脚步。他的话有条有理，严谨准确，不偏不倚。突然之间，她对他经年累月的所有感觉开始倾斜，继而犹如沉重的雪崩倾泻而下，似乎是他手上的某个动作将它释放了出来。那是一种莫名的触动。他存在的本质继而升腾于一阵烟雾之中。那又是一次触动。她觉得自己被自己的强烈感受惊呆了；那感受正来自于他的严肃，他的善良。我全身心地尊敬您（在他面前，她无声地对他说）；您不自负，您客观无私；您比拉姆齐先生出色，您是我认识的最出色的人；您没有妻室儿女（她渴望爱抚那份孤独，丝毫不带与性有关的感觉），您为科学而生（她的眼前不自觉地出现马铃薯的切片标本）；称赞是对您的冒犯；宽厚、真诚、英勇的人啊！可与此同时，她又记起他是如何带着一名贴身男仆大老远地来到这里；如何反对狗爬上椅子；如何乏味地说上好几个小时蔬菜中的盐分和英国厨子的罪孽（直到拉姆齐先生摔门离开房间）。

那么这一切应如何理解呢？人们如何评价人，如何看待他们？人们如何把这样和那样的因素合而为一，然后得出喜欢还是不喜欢的结论呢？至于这些话，归根结底，又有何含义呢？此时，站在梨树旁边的她显然愣住了，对那两个男人的印象如潮水般袭来，想要跟上她的思绪就像要跟上语速快得无法用铅笔记录下的声音一样，这个声音是她自己发出的，无须提醒就可以说出那些不可否认、永远存在而又自相矛盾的内容，所以就连梨树树皮上的裂纹和隆起也不可避免地被永远定格在那儿。您有伟大之处，她继续，可拉姆齐先生完全没有。他心胸狭隘、自私自利、爱慕虚荣、傲慢自大；他被宠坏了；他是个暴君；他快把拉姆齐夫人折磨死了；但他拥有您所没有的（她对班克斯先生说），他充满激情，不谙世故；他对俗务琐事一窍不通；他喜欢狗和他的孩子们。他有八个孩子。班克斯先生一个也没有。前几天夜里他不是还披了两件外套出来，让拉姆齐夫人用布丁盘子接着碎发，给他修剪头发吗？这一切纷乱飞舞，就像一群蚊蚋，每一只都是独立的但全都不可思议地受控于一张看不见的柔韧大网——在莉莉的心里，在梨树的树枝之间，纷乱飞舞，那里还悬浮着擦拭干净的厨房餐桌的幻景，那是她对拉姆齐先生的头脑怀有深深敬意的象征。她的思绪转得越来越快，越发剧烈，终于爆炸了；她顿感释然。近前传来一声枪响，一群椋鸟受到惊吓，一窝蜂、乱哄哄地从枪声的余波中飞起。

"贾斯珀！"班克斯先生说。他们转向露台上方椋鸟飞起的方向。尾随着空中迅速飞散的鸟儿，他们迈步穿过高高树篱间的缺口，迎面撞见拉姆齐先生，他正悲凄地冲着他们低沉地叫道，"是错误命令！"

他的双眼蒙上了激动的薄翳，闪动着悲剧般的强烈挑衅，与他们对视一秒，就在即将认出他们的一瞬间，他目光颤抖；接下来，他抬起手，作势捂脸却半路停下，好像要在暴躁羞愧的巨大痛苦中逃避和摆脱他们平平常常的目光，他好像在乞求他们把他知道不可避免的场面压制片刻，他好像用自己被打断后那种孩子气的愤恨给他们留下了深刻的印象,然而甚至在被撞见的那一刻,他也没有溃不成军,而是决心紧紧抓住这种美妙的情绪,这让他羞惭却陶醉的粗俗狂诗——他突兀地转身,冲他们狠狠关上自己隐私的门。于是,莉莉·布里斯科和班克斯先生不自在地仰望天空,只见被贾斯珀用枪惊起的那群椋鸟落在了榆树的树梢。

5

"就算明天不会晴,"拉姆齐夫人说,抬眼瞥了一眼经过的威廉·班克斯和莉莉·布里斯科,"还可以改日呢。现在,"她说,想到莉莉的魅力就是她的中国式眼睛,它们斜吊在她皱起的白色小脸蛋上,不过只有聪明的男人才能看出来这种魅力,"现在站起来,让我量量你的腿。"因为他们总归还是要去灯塔,拉姆齐夫人必须得看看袜子的腿部是否需要再加长一两英寸。

她微微一笑,因为就在这一秒钟,一个绝妙的念头闪过她的心头——威廉和莉莉应该结婚——她拿起混色毛袜,袜口还有十字交叉的钢制织针,在詹姆斯的腿上比了比。

"我亲爱的,站着别动。"她说。他出于嫉妒,不愿意为灯塔看守人的小儿子当量尺寸的模特,詹姆斯故意表现得烦躁不安。他要是这样,她还怎么能看出太长还是太短呢?她问。

他着了什么魔?她的小儿子,她的宝贝。她抬起目光,看看房间,看看椅子,虽然它们已极其破旧。它们的椅芯,就像安德鲁前几天说的,散落在地板上,到处都是;但要是买来好椅子,让它们在这儿白糟蹋一整个冬天有什么意义?她问,那个时候这栋房子只有一个老太太照看,肯定湿漉漉的。没关系,那时租金正好才两个半便士;孩子们喜欢这幢房子;她的丈夫距离他的图书馆、他举办讲座的地方和他的学生们三千英里对他也有好处,或者如果她必须说得精确一些的话,三百英里;而且这里还有接待访客的地方。垫子、行军床、快报废的桌椅,它们结束了在伦敦的服役生活——它们在这儿干得不错;这儿还有一两张照片,以及书籍。书籍,她想,它们自己会壮大队伍。她一直没时间阅读它们,唉!甚至是那些由诗人本人题词赠送给她的书:"致意愿必须被人服从的她"……"我们这个时代更幸福的海伦[①]"……说来惭愧,她从未读过它们。而且克鲁姆的《论心灵》和贝茨的《论波利尼西亚的野蛮风俗》("我亲爱的,站好别动。"她说)——没有一本能被送到灯塔去。有朝一日,她猜想,这房子会破旧不堪到必须采取些措施。如果能教会他们擦干净脚,不要把沙砾带进来的话——那还有点儿作用。如果安德鲁真的希望解剖螃蟹,或者如果贾斯珀相信海草可以做汤,她不得不允许他们这样做,谁也无法阻止;还有罗丝的目标——贝壳、芦苇、石头。因为他们都极具天赋,她的孩子们,但路数全然不同。用袜子比照詹姆斯的腿时,她叹了口气,扫视了一眼整个房间,从地板到天花板,结果就是,一个个夏天过去,东西越来越破旧,越来越破旧。垫子在褪色,墙纸在呼扇,你再也辨认不出上面的玫瑰。再有,如果房子里的每扇门永远都敞开着,在整个苏格兰也找不到一个

[①] 希腊神话人物,宙斯与勒达的女儿,人间最漂亮的女人。

锁匠能来修一把插销,那么东西肯定会坏掉。在画框边上搭上绿色的羊绒披巾有什么用?两个礼拜后,它就会变成豌豆汤的颜色。可是让她烦心的是门,每扇门都敞开着。她听到,客厅的门是开着的;门厅的门是开着的;听起来卧室的门也是开着的;梯台的窗户肯定也开着,因为那是她自己开的。窗户应该开着,门应该关上——这么简单,怎么他们就没人能记住呢?夜里她会走进女仆的卧室,发现里面密不透风得像烤箱,除了玛丽的房间之外。那个瑞士姑娘,她宁可不洗澡也不能缺了新鲜空气,她在自己家乡的时候说过,"山真美。"昨晚她眺望窗外,热泪盈眶,也是这么说的,"山真美。"她的父亲正在家乡奄奄一息,拉姆齐夫人知道。玛丽的父亲就快让自己的子女失去父亲了。拉姆齐夫人一边轻斥她不开窗,一边演示(如何整理床铺,打开窗户,像法国女人那样,十指并拢伸直),在那位姑娘说话的时候,周围的一切都被拉姆齐夫人悄悄地折叠好了,就像飞越阳光的鸟儿悄悄地折起翅膀,蓝色的羽毛从闪亮的钢铁色泽变成柔和的紫色。她沉默地站在那儿,因为没什么可说了。她父亲得了喉癌。忆及此处——

那个姑娘是怎么站在那儿,是怎么说的"家乡的山真美",可没有希望,没有任何希望,她就生出一阵烦躁,厉声地对詹姆斯说:

"站着别动。别惹人烦。"以至于他马上明白她的严厉是真的,于是站直自己的腿给她量。

袜子至少短了半英寸,这还是考虑到索利的小儿子发育得没有詹姆斯良好。

"太短了,"她说,"短得太多了。"

从来没有人看起来这么伤心。苦闷和忧郁,在黑暗之中,在从阳光通向深渊的竖井之中,落到一半,或许就有一滴泪珠凝出;一滴泪落下;井下水面左右晃荡,接纳了它,然后归于平静。从来没有人看起来这么伤心。

然而仅仅是外表吗?人们说。她的美丽和风光后面还有什么?他用枪打爆了自己的脑袋吗?他们问,他在他们结婚前的一星期中死了吗——那个她早年间的另一位情人?人们听到了谣言。或者什么都没发生?什么都没有,只有那举世无双的美貌?她置身于这样的美貌背后,什么都无法扰乱它。在某个与人亲密交流的时刻,关于洋溢的激情、落空的爱情、受挫的雄心,这些故事被人讲起时,尽管她本可以从容地说起她自己也曾知道或感同身受或亲身经历过这一切,但她从来不说。她总是沉默。她那时就知道——无须学习就知道。她的单纯洞悉了被聪明人歪曲的东西。她心志专一,让她的心灵自然而然地扑落在真相上,如石头般笔直下坠,如鸟儿般精准降落;而真相——也许虚妄不实——令人愉悦、安心、振作。

"大自然塑造你时用的泥土绝无仅有。"班克斯先生被她在电话里的声音深深打动,曾经这样说道,虽然她只是跟他说火车的事情。他似乎看到电话线那头的她,希腊人似的,蓝眼睛,鼻梁笔直。用打电话的方式联系这样一位女性似乎太不合适。美惠三女神似乎要齐聚在绽放阿福花①的草地上才能携手创造出这副面容。是的,他要赶上尤斯顿②十点三十分的火车。

"但她像孩子一样,没有意识到自己的美貌。"班克

---

① 在希腊传说中,阿福花常与死者、冥府相联系。
② 英国的铁路车站,位于伦敦市中心。

斯先生说，将话筒放回原处，穿过房间，去看在他的房子后面建造旅馆的工人们的进展。他望向尚未完工的墙壁之间的动静时，想起了拉姆齐夫人。他想，她的和谐面容中始终掺杂了一些不协调。她匆匆戴上一顶猎鹿帽；她穿着雨靴跑过草坪，把一个孩子从恶作剧里拯救出来。所以如果人们想到的仅仅是她的美貌，一定还要记得颤动的东西、活生生的东西（他注视工人们的时候，他们正在把砖头搬上一块小木板），并将其融入那幅画像；或者如果人们只是把她看作一个女人，一定还要赋予她某种奇异的气质——她真的不喜欢被赞美，或者说她有某种潜在的欲望，要丢弃她的高贵仪表，仿佛她的美丽和男人们提及美丽的所有话语都让她厌烦，她只想跟其他人一样，无足轻重。他不知道。他不知道。他必须去工作了。

她织着红棕色毛袜子，镀金的画框、她扔到画框边上的绿色披巾和经过鉴定的米开朗基罗的杰作滑稽地映衬出她的头部轮廓。拉姆齐夫人缓和了片刻，之前的严厉态度没有了，她托起他的头，亲了亲她的小儿子的前额。"我们再找一幅图剪下来吧。"她说。

6

可是发生了什么?

是错误命令。

她从沉思中回过神,为头脑中很久以来毫无意义的词语赋予意义。"是错误命令"——她近视的双眼盯着正向她逼近的丈夫,目不转睛,直到他的靠近让她看出(那句诗在她的脑海中适时地响起):有什么事发生了,是错误命令。但她怎么都想不出发生了什么。

他在颤抖,在颤抖。他的一切虚荣、他对自己荣光的一切满足——迅疾如霹雳,凶猛如鹰隼,他骑马带领部下穿过死亡的谷地——被击碎,被摧毁。冒着炮火和霰弹,我们善骑又勇敢,冲进死亡的谷地,排炮在轰鸣[①]——却迎面撞见莉莉·布里斯科和威廉·班克斯。他在颤抖,在颤抖。

[①] 同样出自《轻骑兵队的冲锋》,原文分别为"骑兵六百名,冲进死亡的谷地"和"排炮在轰鸣,在炮火和霰弹下,战马和英雄倒下"。

她决不会对他说话,他转开的目光、他身上笼罩的某种古怪气息,让她发现了熟悉的迹象,就好像他要把自己周身包裹起来,需要重获平静的独处空间,因为他感到愤怒和痛苦。她轻抚詹姆斯的头;她一边把对丈夫的感觉传达给了他,一边看着他用粉笔把陆海军商店目录里的白色绅士礼服衬衫涂成黄色,心想要是他能成为伟大的艺术家她会多么开心,再说他怎么就不能成呢?他的前额长得真好。接下来,她的丈夫再次从她身边经过时,她抬起目光,发现颓废已经被掩盖,便松了一口气;家庭生活获胜;日常的习惯低声吟唱着抚慰人心的旋律,所以,再次转过来的时候,他特意在窗边停下脚步,引人发笑和突发奇想地把树枝之类的东西伸向詹姆斯光着的小腿,给他挠痒,她责备他不该打发走"那个可怜的年轻人"查尔斯·坦斯利。坦斯利得进去写他的论文,他说。

"詹姆斯总有一天也要写他的论文。"他嘲讽地加了一句,轻轻拂动树枝。

詹姆斯厌恶他的父亲,拨开那支让人痒痒的小树枝。拉姆齐先生用自己特有的那种夹杂着严肃和诙谐的方式,逗弄着小儿子的光腿。

她要尽量完成这双烦人的袜子，明天好送给索利的小儿子，拉姆齐夫人说。

他们明天根本没一丁点机会去灯塔，拉姆齐先生气冲冲地厉声说。

他怎么就知道？她问。风经常变来变去。

她荒谬绝伦的言论，愚蠢的妇人之见，激怒了他。他刚刚骑马穿行死亡的谷地，却遭到打击，以至颤抖；那么现在，她悍然罔顾事实，让他的孩子们对完全不可能的事情心存希望，实际上，就是撒谎。他在石头台阶上跺了跺脚。"真见鬼！"他说。可她说了什么？只不过是明天可能会晴。好一个可能。

只要气压计的数字正在下降和风向正西就不可能。

用完全不考虑其他人感受的惊人方式追求真理，如此蛮横，如此残忍地撕碎文明的薄薄面纱，对她来说是对人类体统的可怕侮辱，她没有回答，恍惚茫然，低下头，仿佛要任粗糙的冰雹打来，肮脏的水泼来，溅污她而不加制止。她没有什么可说的。

他沉默地站在她的旁边。最终，他低声下气地说，如果她愿意，他会去问问海岸警卫队。

再没有谁能像他一样让她如此尊敬了。

她非常乐意相信他的话，她说。他们之后无须准备要带的三明治了——就到这里吧。人们自然而然地来找她，因为她是女人，整天都要照顾这个，照顾那个；有的人想要这样，别的人想要那样；孩子们在长大；她经常觉得自己只是一块吸满人类情感的海绵。他说真见鬼。他说一定会下雨。但他刚刚又说，不会下雨；此时安全的天堂立即向她敞开了。再没有谁能让她如此尊敬了。她觉得自己连给他系鞋带都不够格。

已然为大发脾气和率领他的军队进攻时做出的手势感到羞愧，拉姆齐先生十分不好意思地再次捅了捅他儿子的光腿，接着似乎获得了她的准许一般，他一头扎进傍晚的薄暮，已经稀薄的空气正在吞没树叶和树篱的形体，作为回报，它倒是为玫瑰和石竹重新染上了白天没有的光泽。他的动作莫名地让他的妻子想起动物园里的大海狮，海狮吞了鱼，就会向后翻筋斗，笨拙地游走，使池中的水向两边荡起。

"是错误命令。"他又说,大步离去,在露台上来来回回地迈步。

但是他的声调已经起了多么显著的变化!就像布谷鸟。"六月里他走了调";他好似在排练,尝试性地为一种新的心境寻找某个短句,但手头上只有这句,于是就用了,尽管他声音嘶哑。不过这听起来很可笑——"是错误命令"——那样旋律优美地说出来,简直就是一个问句,语气完全不确定。拉姆齐夫人不禁失笑,果然没多久,他一边走来走去,一边轻哼着这句,接着放弃了这句,陷入沉默。

他安全了,他回到了独处的状态。他停下来点烟斗,再次看了看待在窗口的他的妻子和儿子,就像乘坐特快列车时从书页上抬起目光,把农场、树木、一组村舍看作书页的一幅插图,当目光重新回到印刷书页上时,这幅插图又印证了书页上面的内容,他受到了鼓励,得到了满足,所以即使并没有看清楚哪个是他的儿子,哪个是他的妻子,但只要看到他们,他就受到了鼓励,得到了满足,使他可以全心思考正让自己杰出的头脑颇费思量的问题并获得一种完全透辟的理解。

真是杰出的头脑。如果思想如同钢琴的键盘,被分成众多的琴键,或者就像二十六个完全按照顺序排列的字母,那么他杰出的头脑不费吹灰之力就能一个接一个地碾压过那些字母,坚定而精确,直到它到达,比方说,字母 Q。他到达了 Q。全英格兰曾经到达 Q 的人寥寥无几。此时,在插着老鹳草的石瓮旁驻足片刻,他看到他的妻子和儿子一道坐在窗边,只是他们现在看起来很远,很遥远,就像捡贝壳的孩子们,天真无邪,忙于他们脚边的小玩意儿,不知怎的对他所察觉到的厄运全无防备。他们需要他的保护,他就向他们提供保护。但是 Q 后面呢?后面有什么?Q 后面还有一些字母,最后一个几乎是肉眼凡胎看不到的,仅仅在远处闪烁着红光。一代人中间只有一个人能一度到达 Z。当然,如果他能到达 R,那也很了不起。这里至少是 Q。他在 Q 上站稳了脚跟。他对 Q 有把握。他能证明 Q。如果是 Q,那么 Q——R——想到这里,他在瓮柄上响亮地叩了两三下,倒空烟斗,然后继续。"接下来是 R……"他打起精神。他下定决心。

能拯救仅靠六片饼干和一瓶水就暴露在酷热海面上的船员的素质——毅力和公正、远见、忠诚、技巧，都前来帮助他。R 则是——R 是什么？

一扇百叶窗，宛若蜥蜴的皮革状眼睑，在他的灼灼目光中晃动，模糊了字母 R。在黑暗一闪即过的时刻，他听到有人说——他是个失败者——R 是他力所不及的。他永远都到不了 R。向 R 进发，再一次。R——

仿佛一场孤独远征，穿越冰冷荒凉的极地地区，在此过程中具备的品质让他成为领袖、向导、顾问，这类人的心性既不乐观也不沮丧，沉着地审视并勇敢地面对未来，这些品质前来帮助他。R——

蜥蜴的眼睛再次闪烁。他的额头青筋凸起。瓮中的老鹳草令人惊奇地明显可见，他能出其不意地看见它的叶子中间展现的两类人之间古老、显著的差别。一种是实力非凡、稳步前进的人，他们辛勤工作，不屈不挠，按照顺序重复整张字母表，从头到尾，总共二十六个字母；另一种人拥有天赋和灵感，能在一瞬间奇迹般地整合所有字母——以天才的方式。他不是天才，他不以此自居，但是他有或者本可能有按照顺序从A到Z精确地重复字母表中每个字母的能力。其间，他停留在Q。进发，接着，向R进发。

此时雪花开始飘落，山顶薄雾笼罩，他知道自己必定会躺下，在清晨到来前死去，千思万绪涌上心头，使他的双眼黯然失色，甚至在他出现在露台的两分钟之内，就让他生出老态龙钟的苍白外貌，但这些情绪不会让一位指挥官蒙羞。他不会躺下等死；他要找到某处悬崖峭壁，在那里紧盯着暴风雪，他的目光直到最后也要竭力刺穿黑暗，他要站着死去。他将永远到不了R。

他纹丝不动地站在老鹳草逸出的石瓮旁边。毕竟十亿人中有多少人，他问自己，能到达Z？当然这位希望渺茫的指挥官可能会问他自己，而不必背弃身后的远征，他就可以回答，"也许一个。"一代人中的一个。倘若他老老实实地辛勤工作，最大限度地发挥了自己的能力，直到毫无保留，那么就算他不是那一个，难道就会被指责？他的名声还能维持多久？一位将死的英雄在濒死之际想想以后的人们会如何谈论他应该无可厚非。他的名声或许会延续两千年。两千年算什么？（拉姆齐先生凝视树篱，讽刺地问道。)如果站在山巅俯瞰虚掷的漫长时光,那又算得了什么?人们用靴子踢的那块石头都比莎士比亚存在的年头长。他自己的微弱光亮,没那么明亮地闪耀一两年,然后融入某道更明亮的光亮,然后那道光还会融入更明亮的……(他望向树篱,望向龙蟠虬结的细枝。)这支孤立无援的队伍毕竟已经攀登得足够高,看到了岁月的虚掷和星星的陨落,如果死前四肢僵硬,无法动弹,他也要用仅存的意识将麻木的手指抬到眉头,挺起胸膛,那样,搜索队到来的时候,就会发现他死在了自己的岗位上,保持了军人的风度,谁还能指责这位指挥官呢?拉姆齐先生挺起胸膛,在石瓮旁边站得笔直。

如果,他如此挺立片刻,想想名声,想想搜索队,想想感激的追随者在他的尸骨上垒起的纪念石堆,谁会指责他?如果,已经远征至于此极,他已竭尽全力,将陷入长眠而不太在意是否还会醒来,脚趾的刺痛让他感到自己此时还活着,而且基本不反对继续活着,但他需要慰问、威士忌,还有立即能听他倾诉痛苦经历的人,最终,谁会指责劫数难逃的这次远征的指挥官?谁会指责他?英雄卸下盔甲，驻足窗边，凝望妻儿的时候，谁不会暗自欣喜？她起先很遥远，渐渐地，愈来愈近，直到嘴唇、书本和头颅都清晰地出现在他的面前，尽管他强烈地感受到孤独，尽管时光虚掷，星星陨落，但她依然美丽、新奇，于是最后，他把烟斗放进口袋，在她的面前低下他高贵的头——如果他向这位绝代佳人顶礼膜拜，谁又能指责他呢？

7

可是他的儿子厌恶他。詹姆斯厌恶他靠近他们，厌恶他停下来低头看他们，厌恶他打扰他们，厌恶他得意和庄严的姿态，厌恶他的高贵脑袋，厌恶他的一丝不苟和自我（他站在那儿，迫使他们注意到他）；但他最厌恶父亲的是他情绪激动时发出的鼻音和颤音，它们在周围振动，打扰了他与母亲之间极为单纯和美好的关系。他紧盯着书页，希望他能走开；他用手指指出一个词，希望唤回母亲的注意，而她的注意力，他愤怒地意识到，在父亲停下时就立即开始摇摆不定。但是，这都没有用。没什么能让拉姆齐先生走开。他站在那儿，索求慰问。

始终放松地将儿子抱在怀中坐着的拉姆齐夫人振作精神，转过半边身子，似乎努力要让自己更挺拔，随即向空中直直地喷洒出活力的雨幕，一股飞溅的水雾，同时她看起来神采奕奕、生机勃勃，就好像她的所有精力都化为力量，燃烧、发光（尽管她安静地坐着，再次拿起了她的袜子），而那个了无生机的男人则冲进这场甘美丰饶的盛宴、这座充满生命力的瀑泉水雾，就像一柄空空荡荡的黄铜壶嘴。他想要慰问。他是个失败者，他说。拉姆齐夫人亮了亮她的毛衣针。拉姆齐先生重复说，目光不曾从她的脸上移开，他是个失败者。她推托他的话。"查尔斯·坦斯利……"她说。但他要的不只是那个。他要的是慰问，首先需要让他的天赋得到肯定，然后被带进生活的圈子，被温暖，被抚慰，让他恢复理性，让他由贫瘠变为肥沃，让这栋房子的所有房间都充满生机——客厅、客厅后面的厨房、厨房上面的卧室、过了卧室的育儿室；它们必须被摆上陈设，它们必须充满生机。

查尔斯·坦斯利认为他是当代最伟大的形而上学家，

她说。但他必须得到更多。他必须得到慰问。他必须得到自己正处于生活中心的保证,他正被需要,不只在这儿,还在世界各地。她亮了亮毛衣针,自信、挺拔,让客厅和厨房焕发光彩;她让他在那儿安逸地休息,进进出出,尽情享受。她笑起来,织着毛线。身体僵直地站在她的双膝之间,詹姆斯感觉到她所有的力量都突然燃烧起来,正让那柄黄铜壶嘴吮吸解渴,那把男性的渴血弯刀无情地砍来,一次又一次,索求慰问。

他是个失败者,他重复。那么,就看看,就体会吧。亮了亮她的毛线针,她扫视四周、窗外和房内,看向詹姆斯,她可以用她的笑、她的姿势、她的能力,毫不怀疑地让他放心(就像提灯的保姆穿过黑暗的房间让烦躁的孩子放心一样),一切都是真实的:房子里满满当当,花园里鲜花盛开。如果他完全信任她,就没什么会伤害他;无论他钻得多么深或者爬得多么高,也决不会发现自己的身边没有她。如此为自己追随和保护的能力感到自豪,她却几乎没给自己留下一副用来认出自己的躯壳;一切都被如此慷慨地赠予,被消耗殆尽。詹姆斯僵直地站在她的双膝之间，感觉到她化身为一棵枝繁叶茂、开出玫瑰色花朵的果树，拔地而起，而那柄黄铜壶嘴，他父亲的那把渴血弯刀，那个自大的男人，冲进中间，挥刀砍伐，索求慰问。

满足于她的话语，如同满意睡去的孩子，终于，他恢复了精神，获得了新生。怀着谦卑的感激之情看着她，他说，他要去走走，他要看看孩子们玩板球。他走了。

拉姆齐夫人似乎旋即就将自己合拢，花瓣一片片叠起收拢，整个躯体精疲力竭地瘫软。她完全放任自己精疲力竭，以至于只剩下动动手指，翻翻格林童话书页的力气了，同时，成功创造的狂喜引起她全身的悸动，好似泉水的跳动，但它已经到了极限，现在正缓缓地停止跃动。

他走开的时候，这种泉水跳动一样的每一次悸动似乎都围绕着她和她的丈夫，似乎给予他们双方一种安慰，那似乎是同时弹奏出的一高一低两种不同音符在它们合为一体时给予彼此的安慰。然而随着共鸣的消失，她再次将注意力转向童话故事，拉姆齐夫人感受到的不仅是身体的疲惫（后来，不只是当时，她总有这种感觉），身体的疲劳里还掺杂了某种出于另一种原因的隐约令人不快的感觉。

她大声朗读"渔夫和他的妻子"的故事时,并不确知这种感觉从何而来;翻动书页的时候,她停下来,听到一个浪头沉闷不祥地落下,这时她意识到了她为何不满,但她决不会让自己用语言来表达:她不愿意觉得自己比丈夫更出色,哪怕是一秒钟也不行;而且在她对他说话的时候,若是不能完全肯定自己说的是事实,她便无法忍受。大学和人们都需要他,讲座和书籍至关重要——她一刻都不会怀疑这一切;但是让她心神不定的是他们的关系,还有他那样公然地求助于她,所有人都能看见;那样一来,人们就会说他依赖她,他们得知道,他才是他们两人中更为重要的人,与他相比,她带给这个世界的微不足道。话说回来,还有另一个方面——出于担心,她不能告诉他一些真相,比如关于温室的屋顶及其可能产生的费用,或许要五十镑才能修好;还有关于他的书,她担心他会猜测他上次的书不是他最好的作品,而对那本书的品质她是略有怀疑(她从威廉·班克斯那儿得来的印象);此外还要隐瞒日常小事,而且孩子们看到了这些情况,这给他们的心理增加了负担——这一切削弱了两种调子齐鸣时完整的欢乐、纯粹的欢乐,且使这种声音立刻单调而凄切地在她的耳畔消逝。

一片阴影落在书页上,她抬起头,是奥古斯塔斯·卡迈克尔拖着脚走过。正在此时,正在此时此刻,她痛苦地想起人际关系有不足,最完美的关系也有瑕疵,她有实事求是的天性,却因为爱她的丈夫不得不违背事实,她无法忍受这种考验;此时,她痛苦地感到自己被判定毫无价值,感到这些谎言、这些夸张阻碍了她发挥真正的作用——她在狂喜的余波中烦躁不安,就在这极不光彩的时刻,卡迈克尔先生拖着脚走过,踩着他的黄色拖鞋,她鬼使神差地认为必须在他经过时大声招呼:

"进屋去吗,卡迈克尔先生?"

8

他什么也没说。他是服用鸦片的。孩子们说他已经被那个东西染黄了胡子。也许吧。她能明显地感觉到,这个可怜的人不快乐,他每年都逃难似的来拜访他们,可是每年她的感觉都一样:他不信任她。她说:"我要去镇上。

给您带些邮票、纸张、烟草?"她感到了他的畏缩不安。他不信任她。都是他的妻子干的坏事儿。她记得他的妻子对他干的坏事儿,真叫她目瞪口呆,在圣约翰伍德①那个可怕的小房间,她亲眼看见那个可憎的女人把他赶出了房子。他蓬头垢面,他的外套上沾着什么东西,他是个在世上无所作为的老男人,惹人厌烦;然后她就把他赶出了房间。她用那种可憎的语气说:"现在,我和拉姆齐夫人要说会儿话。"于是他数不清的生活辛酸历历浮现在拉姆齐夫人的眼前。他的钱不够买烟草?他不得不跟她要钱?半克朗?十八便士?哎呀,想到那女人让他承受的点点滴滴的屈辱,她就无法忍受。现在他总是在她面前畏畏缩缩(是什么原因她猜不出来,只能猜测不管怎样可能都是因为那个女人)。他从没告诉过她什么。但她还能再做些什么呢?她让给他了一间阳光充足的房间,孩子们对他很友善,她也从未流露过一丁点不欢迎他的意思。她甚至不厌其烦地示好:您想要邮票吗?您想要烟草吗?这儿有本书您或许想看,等

---

① 位于伦敦西北部的社区。

等。而且毕竟——毕竟（此时她不知不觉地端起身姿，开始少有地意识到自己身上展现的美貌），毕竟让人们喜欢她通常不难，比如乔治·曼宁、华莱士先生，那样出名的人，他们也会在夜晚前来拜访她，安静地在炉火旁边与她单独聊聊。她拥有一支美貌的火炬，她不可能不知道，她直直地擎着它进入每一间她走进的房间。毕竟，尽管她尽量遮掩，尽量逃避这支火炬加诸她身上的单调，她的美貌还是显而易见。她被人赞美。她被人爱慕。她曾经走进送葬者坐着的房间。泪水在她的面前流淌。男人还有女人向她倾诉各种各样的事情，在她的陪伴下获得简单的慰藉。他竟然回避她，这伤害了她，令她伤心。可又不干净利落，不理直气壮。她耿耿于怀的是，这件事紧随着自己对丈夫的不满出现。卡迈克尔先生拖着脚走过的时候，只对她的问话点了点头，腋下夹着一本书，踩着他的黄色拖鞋。此刻她觉得自己受到了猜疑，觉得自己想要奉献、帮助的愿望全都是虚荣心作祟罢了。她如此出于本能地渴望帮助，渴望奉献，难道是为了自己的满足？好让人们提到她就说"哦，拉姆齐夫人！亲爱的拉姆齐夫人……拉姆齐夫人，当然！"好让他们需要她,召唤她,赞美她?她内心深处想要的难道不是这个?因此在卡迈克尔先生躲避她的时候,就像他现在这样,逃到某个角落,在那儿没完没了地作离合诗①,她不仅直觉自己受了冷落,还意识到自己在某些方面的褊狭,意识到人际关系即使在最好的状态下也是多么的不完美,多么卑劣,多么自私。人老珠黄(她两颊凹陷、头发泛白),她大概再也不能让人赏心悦目了,她最好把心思放在"渔夫和他的妻子"的故事上,安抚那极度敏感的神经(她的孩子没有哪个像他这样敏感的),安抚她的儿子詹姆斯。

"丈夫心里难过,"她大声读道,"不肯去,自言自语地说:'这不好。'但是他终于去了。渔夫到海边的时候,海水又紫又蓝,又灰又深,再也不绿,也不黄了,但是还很平静。他站在那里说——"②

拉姆齐夫人本希望她的丈夫不要选在这个时候站住。他为什么不离开,像他说的那样去看孩子们打板球呢?但

---

① 杂体诗名。常见的一种是拆开字形合成诗句。实际上是文字游戏。
② 出自《格林童话全集》,魏以新译,1959 年。

他没说话；他看了看，他点点头，他表示赞许；他继续往前走。他悄悄走过，看到眼前一次次让停顿变得圆满、象征着某种结论的树篱，看到他的妻子和儿子，再看到蔓生着红色老鹳草的石瓮，那些老鹳草经常装点他的思想历程，开出花朵，并将其详细记载在它们的叶子中间，仿佛它们是纸片，上面是人们匆匆阅读时做的潦草笔记——他悄悄走过，看到这一切，忽然思索起《泰晤士报》推荐的一篇关于每年访问莎士比亚故居的美国人数量的文章。如果莎士比亚从未存在过，他问，世界会跟现在的样子大不相同吗？文明的进程取决于伟大的人物吗？普通人如今的命运比法老时代要好吗？普通人的命运，然而，他问自己，是我们评判文明程度的标准吗？或许不是。或许最美好的文明有赖于奴隶阶层的存在。地下铁路里的电梯管理员永远有存在的必要。这种想法令他反感。他扬起头。为了回避这种想法，他要找到某种方式，抵制艺术的优越地位。他要主张，世界是为普通人存在的；主张艺术只是加诸人类生活顶端的装饰品，它们不能表达生活。人类生活不需要莎士比亚。他搞不清楚自己为什么想要贬低莎士比亚，对永远站在电梯门内的人伸出援手,他从树篱上猛地摘下一片叶子。这一切都将于下个月在加的夫①呈现给年轻人,他想;这儿,在他的露台上,他只是在觅食和野餐(他扔掉刚才暴躁时摘下的叶子),就像一个人在马背上一边伸手摘下一束玫瑰,或者往口袋里塞满坚果,一边悠然地信马由缰,穿过童年时就熟知的乡村小路和田野。一切都这么熟悉;这道转弯,那段台阶,那条田野中的近路。晚上他通常会花一段时间,抽着烟斗,一边在古老熟悉的小路和公地来来回回、进进出出,一边思考。那些地方处处是旧事,那儿有战役历史,这儿有政治家生平、诗歌和轶事,还有人物形象,这位思想家、那位军人,一切都十分活泼、清晰;不过最终,小路、田野、公地、硕果累累的坚果树和开花的树篱把他引到了那条道路再往前的转弯处,他总在那里下马,把马拴在树上,独自步行。他到达草地边缘,眺望下方的海湾。

---

① 又译作卡迪夫。英国西南部的重要港口和工业、服务业中心,威尔士首府。

这是他的命运，他独特的命运，无论他是否愿意，就这样来到被大海慢慢侵蚀的陆地岬角，站在那儿，宛若孤寂的海鸟，孑然一身。这是他的能力，他的天赋，突然之间舍弃多余的一切，凝神内敛，放低姿态，好让他看起来更无遮无拦、更简单，甚至身体上亦是如此，但他并未丧失半点思想的敏锐，就这样站在他的小岩架上，面对人类无知的黑暗：大海正侵蚀我们脚下的地面，而我们对此一无所知——那正是他的命运、他的天赋。但他下马时，已经舍弃了所有的姿态和虚饰、所有坚果和玫瑰之类的战利品，藏锋敛锷，以至于不仅名声，甚至连他的名字也被他遗忘，即使身处孤寂，也要保持一种不留存幻景和不沉溺幻想的警觉，正是凭借这种形象，他才激起了威廉·班克斯（断断续续地）、查尔斯·坦斯利（讨好奉承地）和现如今他的妻子——此时她抬起目光，看到他站在草地的边缘——深深地崇敬，以及同情，以及感激，就像一支被打入航道底部的标桩，水鸥在上面栖息，浪涛拍击着它，激起了欢乐船客的感激之情，因为它独自承担了在漫漫波涛中标出航道的责任。

"可是八个孩子的父亲别无选择。"半大不大的声音喃喃道,所以他突然作罢,转身,叹气,举目找寻他的妻子为他的小儿子读故事的身影,他填满了烟斗。他从人类的无知和命运以及大海吞没我们脚下大地的景象中转过身,如果他能够专注地沉思于这幅景象,或许会有所收获;他从琐事中找寻安慰,那些琐事与刚才展现在他面前的宏大主题相比是如此微不足道,以至于他想要忽视、贬低这种安慰,如同对于正直的人来说,在悲惨的世界上耽于幸福就是最卑鄙的犯罪。确实如此,他在大多数时候都是幸福的:他有妻子,还有孩子们;他已经答应六个星期之后对加的夫的年轻人说"一些废话",关于洛克①、休谟②、贝克莱③,以及法国大革命的起因。但是,这件事及他从中获得的乐趣,他从自己创造的警句,从激情澎湃的青年,

---

① 约翰·洛克(1632—1704),英国哲学家。在知识论上,洛克与乔治·贝克莱、大卫·休谟三人被列为英国经验主义的代表人物。
② 大卫·休谟(1711—1776),英国不可知论哲学家、经济学家和历史学家,被视为西方哲学历史中最重要的人物之一。
③ 乔治·贝克莱(1685—1753),18世纪最著名的哲学家之一,近代经验主义的重要代表,开创了主观唯心主义。

从他妻子的美貌，从斯旺西、加的夫、埃克塞特、南安普敦、基德明斯特、牛津、剑桥①向他表达的敬意中赢得的荣耀——全都不得不被贬低并隐藏于"说一些废话"的措辞下面，因为实际上，他没有完成自己本该完成的事情。这是一种掩饰；这是一个对自己产生的感觉感到害怕的人的避难所。他不能说，这就是我想要的——这就是我。在威廉·班克斯和莉莉·布里斯科看来，这相当可怜，令人反感；他们想知道为什么他需要这样的隐藏，为什么他总是需要称赞，为什么思想上如此勇敢的人在生活中竟然如此怯懦；他在德高望重的同时又荒唐滑稽，多么奇怪。

教导和劝诫非人力所及，莉莉认为。（她正在收拾她的东西。）如果你被捧得高就一定会莫名其妙地猛摔一跤。拉姆齐夫人太轻易地为他提供了他想要的。所以变化必然会让人如此苦恼，莉莉说。他从他的书籍中走出来，发现我们所有人都在玩游戏，说废话。想象一下，跟他思考的那些东西相比，那是多么巨大的变化，她说。

---

① 以上七处均为英国城市。

他正向他们逼近。他又突然站住,默默伫立,望向大海。这会儿他再次转过身去。

9

是的,班克斯先生一边说,一边目送拉姆齐先生离开。真是遗憾万分。(莉莉说了些觉得他令人害怕的话——他会从一种情绪转变到另一种,突如其来地。)是的,班克斯先生说,拉姆齐无法表现得跟其他人更相似一些,真是遗憾万分。(因为他喜欢莉莉·布里斯科;他可以跟她开诚布公地议论拉姆齐。)正是因为这个,他说,年轻人不读卡莱尔①。一个因为粥变冷了就大发脾气的粗暴牢骚鬼,为什么是他向我们说教呢?这就是班克斯先生对现如今年轻人说法的认识。如果你跟他一样,认为卡莱尔是人类最伟大的导师之一,那真是遗憾万分。莉莉不好意思地说她从上

---

① 托马斯·卡莱尔(1795—1881),英国哲学家、评论家、讽刺作家、历史学家。

学到现在都没读过卡莱尔。可在她看来,拉姆齐先生认为要是他的小指头疼痛,整个世界就必然得完蛋,这反而让人们更加喜欢他。她在意的不是那个。因为谁会被他欺骗呢?他公然地要求你奉承他、钦佩他,但他的小伎俩谁也欺骗不了。她不喜欢的是他的狭隘、他的盲目,她一边说,一边目送他离开。

"有点儿像伪君子?"班克斯先生提出,同样望着拉姆齐先生的背影,因为他此时想到的不正是他的友情,不正是卡姆拒绝送他一枝花,不正是所有那些男孩儿和女孩儿,不正是他自己那栋舒适无比却在他丧妻后就变得冷冷清清的房子吗?当然,他有他的工作……他还是希望莉莉对此表示赞同,拉姆齐如他所说的,"有点儿像伪君子。"

莉莉·布里斯科继续收拾她的画笔,抬起目光又低垂下去。又一次抬起目光,他在那儿——拉姆齐先生——正朝他们靠近过来,摇摇晃晃,漫不经心,无知无觉,遥不可及。有点儿像伪君子?她重复道。哦,不——他是最真诚的人,最真实的人(他来这儿了),最好的人;但,低垂着目光,她想,他专注于他自己,他专横,他不公正;

她故意继续低垂目光,因为只有这样,她才能保持沉着,与拉姆齐一家待在一起。一旦她抬起目光,看到他们,他们立即就会被她所谓的"爱意"淹没。他们会成为虚幻却透彻、激动人心的宇宙的一部分,那是透过爱意的双眼看到的世界。天空贴近他们,鸟儿在他们中间歌唱。而且,就在此时,她看到拉姆齐先生走近又退后,拉姆齐夫人与詹姆斯坐在窗口,云卷云舒,树木曳曳。她甚至还生出了更令人兴奋的感受,生活由一个接一个人们经历的独立小事件组成,它卷曲着,就像一整个浪头,将随它起伏的人顶起、抛落,在那儿,一下子猛冲上海滩。

班克斯先生等着她回答。她却想要说些批评拉姆齐夫人的话,拉姆齐夫人的咄咄逼人又是如何叫人恐慌,诸如此类的话。但班克斯先生着迷的模样让她觉得对他说这个毫无必要。这样说是考虑到他年过花甲的岁数,还有他的洁癖和冷静,以及他貌似穿着的象征科学的白大褂。莉莉看见他正凝视拉姆齐夫人,对于他来说,这样的凝视就是着迷,这种着迷,莉莉觉得,不逊于几十个年轻人的爱慕(也许拉姆齐夫人从未激起几十个年轻人的爱慕)。那是爱,她想，假装要挪动她的油画，经过蒸馏和过滤的爱，从不试图占有其对象的爱；但是，就像数学家爱他们的符号或者诗人爱他们的句子一样，他们想要让它遍布世界，成为人类成果的一部分。的确如此。这个世界理应来分享这种爱，要是班克斯先生能说出来那个女人为什么令他如此愉悦；为什么她给她的儿子读一篇童话的场景就能对他产生如同解决了科学问题一模一样的影响，以至于他因此陷入沉思，感觉就像是他已经证明了与植物的消化系统有关的确切理论，感觉野性被驯服，感觉混乱的统治被制止。

这样的着迷——人们还能用别的什么名称来称呼它？——让莉莉·布里斯科完全忘记了她刚要说的。那无关紧要，关于拉姆齐夫人什么的。跟这种着迷、这种沉默的凝视相比，那些都黯然失色，因此她产生了强烈的感激之情；因为没什么能如这种崇高的能力、这种天赐的才华这般，让她觉得安慰，让她从生活的困惑中解脱，奇迹般地卸下生活的负担，在这种凝视持续时，人们不会打扰它，就像不会打碎平铺于地板上的一道阳光。

人竟然可以这样去爱，班克斯先生竟然对拉姆齐夫人有这样的感觉（她瞥了一眼沉思的他），这倒是令人鼓舞，令人兴奋。她故意态度卑微地一支接一支地将画笔在一块旧布上擦拭。她回避这面向所有女性的敬畏之情；她觉得自己正受到称赞。让他凝视吧，她可要偷偷地看一眼她的画。

她差点儿哭出来。真是糟糕，真是糟糕，真是糟糕透顶！当然，她本可以换种画法，色彩可以淡薄、暗淡，轮廓可以空灵；那是庞斯福特看到的样子。然而她看到的并非那样。她看到色彩在钢铁骨架上燃烧，大教堂拱形结构上铺展着蝴蝶翅膀的光泽。所有这些只在这幅油画上留下了几处随意乱涂的污渍。永远不会有人看到它，它甚至永远不会被挂起来，她耳中响起坦斯利先生的低语，"女人不会画画，女人不会写作……"

她现在想起准备说些什么关于拉姆齐夫人的话了。她不知道如何表述，但那肯定是批评的内容。不久前的某天夜里，她就被那种咄咄逼人惹恼了。顺着班克斯先生瞥向拉姆齐夫人的目光望过去，她想，没有女人会用他这样的崇拜方式去崇拜别的女人；她们只能栖身于班克斯先生照向拉姆齐夫人的那道光制造出来的阴影之下。顺着他的目光望去,她为这道光再增添了一道自己的光线,认为拉姆齐夫人(俯身看她的书)毫无疑问是最亲切友好的人,也许是最美好的;但还是与人们在那儿看到的完美形象不同。可为何不同,如何不同?她一边问自己,一边将调色板上那一坨坨蓝色和绿色的颜料刮掉,现在对于她来说,这些颜料就像毫无生命的土块,但她发誓,明天她就会赋予它们灵感,促使它们动弹、流动,听候她的差遣。拉姆齐夫人如何不同?她的身上有什么精神,有什么关键所在?借助于它们,若你在沙发的角落里发现一只皱巴巴的手套,从它弯弯扭扭的指套上,你就能毫无疑问地认出这是她的手套吗?她就像一只追逐速度的鸟儿、一支直奔目标的箭。她任性。她高高在上(当然,莉莉提醒自己,我正在考虑的是她与女人的关系,而且我年轻许多,是一个无足轻重的人,住在布朗普顿路)。她打开卧室窗户。她关上门。(于是莉莉试图在脑海里表现拉姆齐夫人的风韵。)深夜到来,拉姆齐夫人轻叩一下莉莉的卧室房门,裹着一件旧裘皮大衣(她的美貌总是这样被烘托出来——草率却得体),不管是什么场景,她都会再次演一遍——查尔斯·坦斯利丢了他的伞;卡迈克尔先生抽鼻子和吸鼻子;班克斯先生说,"蔬菜的盐分流失了。"她会娴熟地模仿这一切,甚至有些恶意地加以扭曲,而且挪到窗边,假装她必须要走——黎明到了,她能看到太阳升起——她半转过身子,更加亲切,但还一直笑着,坚持说莉莉必须,明塔也必须,她们都必须结婚,因为无论全世界抛给她多少桂冠(可拉姆齐夫人对她的画不屑一顾)或者她获得多少成就(或许拉姆齐夫人已经分得了她的那一份),说到这儿,她悲伤、阴郁地回到她的椅子,说有一点毫无争议:一个不结婚的女人(她轻轻地握住莉莉的手片刻),一个不结婚的女人错过了人生中最美好的东西。房子里似乎睡满了孩子们,拉姆齐夫人倾听着;灯光昏暗,她听见他们呼吸均匀。

哦,可是,莉莉会说,她还有父亲,有她的家;甚至,如果她敢说的话,她的绘画。但这一切跟另外那个相比似乎如此无关紧要,如此天真无邪。夜晚消逝,白色的天光拨开窗帘,花园里甚至不时传来几声鸟叫,她还是不惜一切地鼓起勇气,力陈自己将免于那条普遍规律;这是她所求的,她喜欢独自一人;她喜欢做她自己;她不适合那条规律。于是,她不得不面对无比深邃的眼神的严肃盯视,遭遇拉姆齐夫人简单的论断(她现在就像个孩子):她亲爱的莉莉,她的小布里斯科,真是个傻瓜。接着,她记得,她把头枕在拉姆齐夫人的膝头,笑啊笑啊笑,一想到拉姆齐夫人用不可更改的冷静指挥她完全无法理解的命运,她几乎笑得歇斯底里。拉姆齐夫人坐在那儿,单纯、严肃。她现在已经恢复了自己对拉姆齐夫人的感觉——就是那只手套上弯弯扭扭的指套。但那人究竟深入到了什么样的禁区?莉莉·布里斯科终于抬起目光,拉姆齐夫人在那儿,对是什么让莉莉发笑一无所知,依然指挥若定,但此时已不见丁点儿任性的踪迹,取而代之的是终于云开见天的清朗之感——如同安眠在月亮旁边的那一小片夜空。

它是智慧吗?它是知识吗?它是又一个美丽的假象?好让所有人的认知在通向真理的半路上被一张金色的罗网羁绊?或者她的内心锁着某个秘密,某个让莉莉·布里斯科确信人们必须拥有它才能让世界继续存在的秘密。没有人像她这样狼狈不堪,勉强糊口。可是如果他们知道那秘密,他们会告诉别人自己所知道的吗？她坐在地板上，双臂尽可能贴近地环抱拉姆齐夫人的膝头，想着拉姆齐夫人永远不会知道那种压力的原因，她不禁莞尔，她想象着，在这个与她身体贴近的女人的头脑和心灵里存在着几间内室，就像国王陵墓里的珍宝，内室里面竖立着记载神圣铭文的石碑，如果人们能够拼读出来，就会明白一切，但它们永远不会被昭示，永远不会被公之于众。人们需要用什么在爱或诡诈的领域常见的奇谋妙计，才能奋力闯入那些神秘的内室？人们用什么方法，才能像水被倒进罐子一样，与自己的崇拜对象密不可分？躯体可以实现这一点吗？或者精细交织在大脑复杂通道中的精神可以吗？或者心灵呢？人们所谓的爱，能让她和拉姆齐夫人合为一体吗？因为她渴望的不是知识，而是结合，不是碑上的铭文，不是用人类所知的语言能够书写出的东西，而是亲密本身，她本以为那就是知识，她把脑袋斜靠在拉姆齐夫人的膝头。

什么都没发生。什么都没有！什么都没有！当她把脑袋斜靠在拉姆齐夫人的膝头时。不过，她知道知识和智慧被储存在拉姆齐夫人的心里。那么，她问自己，如果人们都封闭起来，要如何才能知道他们的一件事或者其他事呢？只能像被空气中难以触摸或品尝的芳香或苦涩吸引来的蜜蜂那样，徘徊在穹顶式的蜂房周围，独自盘旋在世界各国上方的废气中，然后出没于低声嗡嗡的蜂房附近；蜂房，就是人群。拉姆齐夫人站起身。莉莉站起身。拉姆齐夫人走了。一连几天，低声嗡嗡的声音挥之不去，比她说过的所有话都要清晰，好像做过一场梦后，人们会觉得梦到的人身上发生了某种微妙的变化，她坐在客厅窗边的藤条椅上，在莉莉的眼中，她有一种威严的样子，穹顶般的威严。

这道目光与班克斯先生的那道光齐平，径直奔向坐在那儿读书的拉姆齐夫人，詹姆斯在她的膝边。尽管莉莉此时还在往那儿看，班克斯先生却收回了目光。他戴上眼镜，后退了几步，然后抬起手。他稍稍眯了眯自己那双清澈的蓝眼睛，此时莉莉醒过神来，看到了他的目光所在，便像一只狗看到一只抬起来欲打它的手一样畏畏缩缩。她本应该迅速地把自己的画从画架上拿下来，但她对自己说，一定可以。她鼓起勇气忍受有人在看她的画的可怕考验。一定可以，她说，一定可以。如果一定要有人看见它，比起其他人，班克斯先生还没那么令人惊慌。但是要让其他所有的眼睛都看到她这三十三年的余烬、每天生活的沉淀，混杂着这么多年来她从未诉说过或展示过的隐秘，是一种痛苦。同时它又极为刺激。

再寒冷不过，再安静不过。取出一把削笔刀，班克斯先生用骨制刀柄轻敲画布。她想用这个紫色的三角形象征什么呢，"就在那儿吗？"他问。

那是拉姆齐夫人在给詹姆斯读书，她说。她知道他会有异议——没人能认出那是一个人的形状。但她并不试图画得像，她说。那她当时为什么要加上他们呢？他问。的确，为什么呢？——原因就是，那儿，那个角落，那里明亮，这儿，这个角落，她觉得需要灰暗。简单、明显、平凡，本该如此，班克斯先生兴趣盎然。那么母亲和儿子——这受到普遍尊崇的对象，而且这里的母亲又以她的美貌出名——被简化为一个丝毫没有不敬的紫色阴影，他如此沉思。

但这幅画不是画他们的，她说。或者，不是画班克斯先生认为的那个意义上的他们。或许人们也可以在其他的意义上对他们表示敬意。比如，通过这儿的一片阴影和那儿的一道光。她就是用那种方式致敬的,就像她含糊猜想的,如果一幅画一定要致敬的话。一对母子可以被简化为没有丝毫不敬的一处阴影。这儿的一道光要求那儿有一片阴影。他仔细思考。他兴趣盎然。他诚心诚意地用科学的态度来对待它。事实上他所有的偏见都存在于另一方面,他解释。在他的客厅里,最大的那幅画是画家们交口称赞的,估值的价格比他为它付出的还要高,上面是肯尼特岸边盛开的樱桃树。他是在肯尼特岸边度的蜜月,他说。莉莉一定要来看看那幅画,他说。现在——他转过身,抬了抬眼镜,对她的画进行科学考评。问题在于色块之间、光线和阴影之间的一种关系,老实说,他以前从未考虑过那些,他喜欢听听她对此的解释——接下来她想要表现什么?他指了指面前的景色。她看过去。她无法向他说明自己想要表现什么,甚至要是自己手里没有一支画笔,她都看不到它。她再次摆出习惯的作画姿势,眼神恍惚,心不在焉,克制自己作为女人的一切观感,转而寻求更普遍的东西;她再次身处她曾经清楚看到的美景的威力下,现在必须在树篱和房屋、母亲和孩子之间探索——她的画。她想起来了,问题是如何将右手边的这片色块与左边的联系起来。想做到这点,她或许可以让树枝的线条这样横穿过去,或者用一样物品(也许是詹姆斯)打破前景的空白。但是这样做有打破画面整体统一的危险。她停下来,她不想让他觉得厌烦;她把画从画架上轻轻地拿下来。

但它已经被看到了,它已经从她那儿被夺走了。这个男人已经与她深入地分享了私密的事情。所以要为此感谢拉姆齐先生,为此感谢拉姆齐夫人,以及这个时间和这个地点,功劳属于世界,它拥有一种她从未怀疑过的能力——人们再也不用孤单,而是可以与某人挽着手臂走过那条长长的走廊——世界上最奇异的感觉,最令人振奋的感觉——她用力过猛地碰了一下颜料盒的搭扣,于是被触碰的搭扣似乎无休无止地围绕着颜料盒、草地、班克斯先生,以及那个淘气的孩子——飞奔经过的卡姆,围绕着它们打转。

10

卡姆与画架擦肩而过,她不会为班克斯先生和莉莉·布里斯科停下,虽然希望自己有个女儿的班克斯先生伸出了他的手;她也不会为她的父亲停下,她同样与拉姆齐先生擦肩而过;她也不会为她的母亲停下,拉姆齐夫人在她飞奔经过时呼喊"卡姆!你过来一会儿!"她要像鸟儿、子弹或箭矢一样离开,由什么愿望驱使,被谁射出,瞄准哪里,谁能说得出来呢?什么原因,是什么原因?拉姆齐夫人看着她,仔细思忖。或许是一种幻象——贝壳、独轮手推车、树篱那一头的童话王国的幻象,或者是速度带来的荣耀感,没人知道。不过当拉姆齐夫人再次呼喊"卡姆!"的时候,这件抛射物中途坠落,卡姆磨磨蹭蹭地朝她的母亲走过去,在路上还扯下一片叶子。

她在做什么梦呢,拉姆齐夫人好奇地看着她站在那儿出神,转着自己的念头,为此拉姆齐夫人不得不把口信重复说上两次——问问米尔德丽德,安德鲁、多伊尔小姐和雷利先生回来了吗?——这些话似乎是落进了井里,它们扭曲得如此离奇,以至于若是井水清澈的话,人们还能看到它们甚至还在下落时就在孩子的心底扭曲成天晓得的模样。卡姆给那位厨娘捎了什么口信儿?拉姆齐夫人想知道。

实际上只有经过耐心等待,听到厨房里一个脸颊很红的老女人喝上了汤盆里的汤,拉姆齐夫人才最终让卡姆发挥出鹦鹉学舌的本能,一字不差地记住米尔德丽德的话,又等待她现在用毫无趣味的单调节奏复述那些话。重心不断地从一只脚换到另一只脚,卡姆重复那些话:"不,他们没来,我已经盼咐埃伦把茶点收拾走了。"

明塔·多伊尔和保罗·雷利这时还没回来。拉姆齐夫人心想,那只能意味着一件事。她一定接受了他,或者她一定拒绝了他。午宴之后就开始散步,即使安德鲁和他们在一起——那能意味着什么?拉姆齐夫人想(她非常喜欢明塔),只能是她已经做出了正确的决定,接受了那个或许才华平平的好人,但那时,拉姆齐夫人心想——意识到詹姆斯正在使劲拉她,让她继续朗读"渔夫和他的妻子"——明塔的内心宁愿选择傻瓜,也不要写论文的聪明男人,比如查尔斯·坦斯利。不管怎样,到现在为止,事情一定已经发生了,总要有个说法。

然而她读道:"第二天早晨,天刚刚亮,妻子先醒了,她从床上看见美丽的田地在她面前。丈夫还在伸懒腰……"

但是明塔现在怎么能说不接受他？如果不接受，她就不会同意一整个下午独自同他在乡村闲荡——安德鲁大概会去追他的螃蟹，离开他们——但南希可能会和他们在一起。她试图回忆他们午餐后站在厅门的场景。他们站在那儿，看着天空，对天气有疑虑，部分是考虑到他们的羞涩，部分是鼓励他们出去（她出于对保罗的同情），于是她说：

"几英里内哪儿都没有云。"她觉得跟着他们出去的小查尔斯·坦斯利在为此窃笑。但她是故意为之的。她在脑海里从一处看到另一处，无法确定南希是否在场。

她继续读，"丈夫说：'啊，太太，我们为什么要做国王呢？我不要做国王。'妻子说：'哦，你不要做国王，我要做国王。你到比目鱼那里去，说我要做国王。'"

"进来或者出去，卡姆。"她说，她知道卡姆只是被"比目鱼"这个词吸引，而且她通常很快就会烦躁起来，开始与詹姆斯争吵。卡姆飞奔着离开了。拉姆齐夫人放下心，继续读，因为她和詹姆斯兴趣相投，与他一起待着很舒适。

"渔夫走到海边的时候，海水成了深灰色，又黑又浓，水从下面涌了上来，发出一种臭气。他到那里站着说，

"小王子,小王子,海里的比目鱼,比目鱼,

"你出来吧,

"我的妻子伊尔斯比尔,

"和我的意见不一致。"

"比目鱼问:'她要什么呢?'"他们现在到哪儿了?拉姆齐夫人很好奇,边读边想,一心二用,轻而易举;因为"渔夫和他的妻子"的故事就像为曲调伴奏的和缓低音,不时在不经意间拨高音调,混入旋律。应该什么时候告诉她?如果什么都没发生,她得跟明塔认真地谈谈。她不能在乡村到处闲荡,即使南希和他们在一起(她再次尝试想象他们沿着小路走的背影并想数清楚共有几人一起,却徒劳无功)。她要对明塔的父母负责——那对猫头鹰和拨火棍。朗读的时候,她给他们起的绰号掠过她的脑海。猫头鹰和拨火棍——没错儿,他们会恼火的,如果他们听说——而且他们肯定会听说——明塔跟拉姆齐一家住在一起,还被人看见了,等等,等等,等等。"他戴上了下议院的假发,她很能干,辅佐他平步青云。"她重复着她从某个派对回来时逗自己丈夫开心的话,脑海中出现他们的身影。哎呀,

哎呀，拉姆齐夫人对自己说，他们是怎么养出这个格格不入的女儿的，这个假小子明塔？她的长袜上有个洞。她是怎么在那种怪异的氛围中活下来的呢？她家里的女仆总得用簸箕清扫鹦鹉洒落的沙粒，一家子交谈的内容几乎全部局限在那只鸟儿的壮举——也许有趣，但毕竟有限。自然而然地，自己邀请她来吃午餐、喝茶、吃晚餐，最后和拉姆齐一家一起待在芬利，这导致她与她的母亲猫头鹰发生摩擦，然后是更多的邀请，更多的交谈，更多的沙粒，实际上到最后，她说的关于鹦鹉的谎言足够她用一辈子了（那天晚上，从那场派对回来后，她对她的丈夫说了这个）。但是，明塔来了……是的，她来了，拉姆齐夫人想，怀疑这乱麻般的思绪中有某种荆棘，她解开乱麻才发现，一个女人曾经谴责她"抢了她女儿的爱"，多伊尔夫人说的那些再次让她想起这种指责。想要控制，想要干涉，让人们按照她的意愿行事——这就是对她的指责，她想那最是不公。她不管怎样也做不到看上去不是"那个样子"啊？没人能指责她尽心地给人们留下深刻的印象。她经常羞愧于自己衣衫寒酸。她不霸道，她不专横。跟医院、排水沟和乳制品厂有关的那些事才是更加真实的。她对那样的事情才有热情,如果有机会,她就想揪住人们的脖子,让他们看看那些问题。整座岛都没有医院,真是耻辱。在伦敦,送到门口的牛奶肯定会蒙上褐色的灰尘。这应该被宣布是违法的。这里应该有一家模范奶厂和一家医院——她本想自己来做这两件事情的。但是怎么做呢?带着所有这些孩子?等他们再大一些,那时她也许就有时间了,那时他们就都上学了。

噢,可她连一天都不想让詹姆斯长大!还有卡姆。她希望这两个人永远保持现在的样子,淘气的恶魔,快乐的天使,决不要看到他们长大,成为长腿的怪物。这种的损失无法弥补。此时她正在对詹姆斯读道,"还有许多带着鼓和喇叭的兵士",他的眼睛暗淡下来,她想,他们为什么要长大,失去这一切呢?他是她最有天赋、最善解人意的孩子。不过所有孩子,她想,都前途光明。普吕,其他人的完美天使,现在有些时候,尤其是晚上,她的美貌令人窒息。安德鲁——就连她的丈夫都承认他的数学天赋非凡。还有南希和罗杰,他们现在是两个野孩子,一整天都在乡村里到处蹦蹦跳跳。至于罗丝,她的嘴太大了,但她天生一双巧手。如果他们用手势猜谜,那么罗丝会比划出衣服,她什么都会比划;她最喜欢布置桌子、花,还有其他任何东西。拉姆齐夫人不喜欢贾斯珀打鸟,但那只是一个阶段;孩子们全都要经历一些阶段。为什么,她问,将下巴搁在詹姆斯的头上,他们为什么长得这么快?他们为什么要上学?她本想一直有一个小婴儿。怀抱着它的时刻,她是最快乐的。于是人们可能会说她专横、霸道、好支配人,如果他们愿意的话,她不介意。用唇轻触他的头发,她想,他再也不会这么快乐了,但别想这些,她想起这样说会让她的丈夫多么生气。但那是真的。他们现在比将来任何时候都快乐。十便士的茶具就能让卡姆高兴好几天。她听见他们一醒来就在她头顶的地板上跺脚、欢叫。他们沿着走廊一路喧闹而来。接着,门被突然推开,他们走进来,玫瑰一样鲜嫩,精神焕发地睁大眼睛,就好像早餐后走进客厅对他们来说是一桩欢天喜地的事情,尽管那是他们生活中每天都要做的,诸如此类,事情一桩接一桩,从早到晚,直到她上楼去跟他们道晚安为止,发现他们窝在自己的婴儿床上，就像樱桃树和树莓树之间的鸟儿，还在给一些无关紧要的小事编造故事——有些是他们听到的，有些是他们在花园里遇见的。他们全都拥有自己的小宝藏……于是她下去对她的丈夫说，为什么他们一定要长大，失去这一切呢？他们再也不会这么快乐了。而他很生气。对待人生为什么要这样悲观呢？他说，这种观念不明智。奇怪的是，而且她相信是真的，他虽然也悲观绝望，但总的来说比她更快乐，更乐观。他不太接触关于人的烦恼——也许原因就在于此。他总是可以寄托于自己的工作。她自己并非像他指责的那样"悲观主义"。她只是思考生活——以及展现在她眼前的一小段时间——她的五十年。生活，它就在她的眼前。生活，她思考着——但她没有完成她的思考。她看了一眼生活，因为她对它有清晰的意识，那是某种真实的、私密的东西，她不会与孩子们分享，也不会与丈夫分享。他们之间是一种交易，她是交易的一方，生活是另一方，她总想试图占据上风，它也是；有时他们谈判（她独坐时）；她记得出现过美妙的和解场面；但大多数情况下，说来奇怪，她必须承认，她感到被她称之为生活的这样东西的可怕，它怀有敌意，如果你让它有机可乘，它就会向你猛扑过去。这其中还有永恒的问题：苦难、死亡、贫穷。即便在这儿，也总有一个身患癌症、奄奄一息的女人。但她还是对所有这些孩子们说，你们必须经历一切。她残忍地对八个孩子这样说道（还有修温室的账单是五十镑）。因此，她知道他们的前面是什么——爱和抱负，以及在凄凉的地方独自悲苦——她经常有这样的感觉，他们为什么一定要长大，失去这一切呢？后来她一边对生活挥舞起利剑，一边对自己说，胡说。他们将会十分快乐。她在这儿，她在思考，怎样让明塔嫁给保罗·雷利，她再次感到生活相当险恶；因为无论她对自己与生活的交易作何感想，她拥有未必会发生在每个人身上的经历（她并未在内心中细数这些经历）；受到驱使一般，她说人必须结婚，人必须生孩子，她知道这种驱使的速度太快了，对她来说也近乎一种逃避。

对此她做错了吗？她问自己，回顾自己过去一两周的行为，想知道她是否确实向明塔施加了做决定的压力，这女孩只有二十四岁。她心神不安。明塔没有嘲笑她的做法吧?她是不是又忘记她会对人产生多大的影响了?婚姻需要——哦,各种特质(修温室的账单是五十镑);其中有一点——她无须指出名称——必不可少;她和她的丈夫就拥有那种东西。明塔和保罗也会有吗?

"于是他赶快穿上裤子,发疯似的跑去。"她读道,"外面大风呼呼地吹着,他几乎站不住;房屋和树木都被吹倒了,山在震动,崖石滚到海里;天上完全漆黑,打雷闪电,海里起了很大的黑浪,像教堂的塔,又像高山,都带着白沫的浪头……"

她翻过一页,下一页只剩下几行,所以她会读完这个故事,尽管已经过了就寝时间。天色已晚,花园里的暮光告诉她。花儿的泛白和叶子上的灰暗,共同激发出她的一种焦虑情绪。起先她没想起那跟什么有关,后来她记起来了:保罗、明塔和安德鲁还没回来。她的眼前再次浮现出厅门前露台上的那一小伙人,他们站着,看着天空。安德鲁带着他的网和筐,那意味着他要去捉螃蟹之类的。那意味着他要爬到岩石上,他会被困在那儿。或者在悬崖小路上排成一行返回时,他们中的一个可能滑倒。他会滚落下去,然后粉身碎骨。天越来越黑了。

然而她在读完那个故事的过程中,声音丝毫未变,接下来她一边合上书,一边说出最后一句话,就好像那些都是她自己写的一样,一边望向詹姆斯的眼睛:"于是他们就在破船里一直住到今天。"

"结局就是这样。"她说,她望着他的眼睛,此时对故事的兴趣在他的眼中平息,取而代之的是其他东西:某种疑惑、苍白的东西,就像有一道反射的光线,立即使他凝视和惊讶。转过身,她看向海湾那边,那里,果真,两短一长的闪光有规律地越过海浪,是灯塔的光。它已经亮了。

他很快就会问她:"我们能去灯塔吗?"而她不得不说:"不,明天不行;你爸爸说不行。"幸好,米尔德丽德进来叫他们,忙乱地转移了他们的注意力。但米尔德丽德带他出去的时候,他还在回头看,她肯定他在想,我们明天去不了灯塔了;她想,他一辈子都会记得这件事的。

11

　　不会,她一边收拢他剪下的几张图片——一幅冰箱、一幅割草机、一幅身着晚礼服的绅士——一边想,孩子们永远不会忘记。正因如此,自己的一言一行非常重要,要等他们上床睡觉后才能放松。眼下她无须考虑任何人,她可以独自做回自己。而正是在现在这样的时刻,她经常感觉需要——思考;好吧,甚至不用思考。那就沉默,那就独处。所有扩张的、闪光的、有声的存在和行为都烟消云散;她在收缩,怀着一种庄严感,缩成真的自己,缩成其他人看不见的黑暗的楔形内核。虽然她还在继续织袜子,坐得笔直,但正是这样她才感觉到了自我;这个已经摆脱束缚的自我正自由自在地经历最奇特的探险。生活沉沦的片刻间,体验的领域似乎无边无际。每个人总会产生这种无边无际的体验感,她猜想;一个接一个地,她,莉莉,奥古斯塔斯·卡迈克尔,一定都能感觉到——我们的幻影,你们借以了解我们的东西,简直是幼稚傻气的。幻影下面,一片漆黑,无穷无尽,深不可测;但我们偶尔也能浮上表面，你们正是借此看到了我们。她的视野似乎趋于无边无际。那皆是她未曾见过的地方；印度的平原；她又觉得自己正置身罗马，将一座教堂的厚重皮帘子掀到一边。这个黑暗的内核可以前往任何地方，因为没人能够看见它。他们无法阻止它，她欢欣鼓舞地想。自由、平静，其中最深得人心的是，一种自我的完整，一种露台上的安稳休憩。不像是自己曾经体验过的休憩，按照她的经验（此时她用织针灵巧地完成了某个花样），倒像是作为黑暗楔子的休憩。失去个性，人就失去了烦恼、急切、冲动；当局面归于这种平静、这种安宁、这种永恒时，总会有一声战胜生活的感叹冲到她的唇边；此时她停顿下来，望向外边灯塔的闪光，正好看见三道闪光中最后那道持续的长闪光，那是她的闪光，因为此时此刻在这种心情下注视的人们总是禁不住地要把自己附着在一样东西上，特别是眼见的东西；而这样东西，是持续的长闪光，是她的闪光。她经常发现她自己坐着看着，坐着看着，手里拿着活计，直到她变成她眼见的东西——比如那道光。那光还会把已经浮现在她脑海里的某个短句或者其他话语托起，比如——"孩子们不会忘记,孩子们不会忘记"——她会重复那句话,还会着手补充道,那会结束,那会结束,她说。那会来的,那会来的,她突然补充,我们在主的手中。

可是她立即因为自己说了那些话而感到烦恼。谁说的那话?不是她;她鬼使神差才说出那种违心的话。她从编织的东西上抬起目光,看到了第三道闪光,对她来说似乎就像她自己的视线正对上自己的视线,那光正在探寻她的思想和心灵,如同只有她自己才能够探寻的那般,光正在净化、消灭那句谎言、一切谎言。她毫不虚荣地用赞扬那道闪光的方式来赞扬她自己,因为她严格,她探寻,她如那道闪光般美丽。那真奇怪,她想,如果人们独处,他们会如此倾向于没有生命的东西——树、水流、花——感到它们表达了他们;感到它们变成了他们;感到它们了解他们,某种程度上就是他们;感到一种非理性的多愁善感(她看着那道持续的长闪光),就好像顾影自怜。她停下手里的针,看了又看,一片薄雾从她的心底卷起,从她生命的湖泊中升起,如一位迎接爱人的新娘。

是什么让她说出"我们在主的手中"?她纳闷。溜进真话当中的虚伪言辞警醒了她,惹恼了她。她又回过头来开始编织。怎么可能有什么主来创造这个世界?她问。她的内心始终坚持这个事实,这世上没有理性、秩序和公正:只有苦难、死亡、贫穷。她知道,对于这个世界来说,多么卑劣的背叛都会发生;她知道,快乐不会持久。她沉着冷静地编织,不经意间微微噘起嘴唇,习惯性的严厉让她的面部线条如此紧绷和平静,以至于她的丈夫经过时,尽管他正在为长得太胖的哲学家休谟陷入泥沼的想法暗暗发笑,他还是不禁注意到了她美貌中间的严厉。那让他黯然神伤,她的冷淡让他感到痛苦,他经过时,他觉得自己无法保护她,走到树篱时,他很悲伤。他爱莫能助。他只能站在一旁看着她。的确,可恶的真相就是,他还会让她的情况更糟糕。他急躁——他快要发怒了。他在灯塔的问题上已经发了火。他盯着树篱,盯着它的错综复杂、晦暗不明。

拉姆齐夫人觉得,人们总是通过抓住某种琐碎的小事、某种声音、某种景象,勉强地帮助自己摆脱孤独。她侧耳倾听,但万籁俱寂;板球游戏结束了,孩子们都在洗澡,只剩下大海的声音。她停下编织,用手提起长长的红棕色袜子晃荡了片刻。她再次看见了闪光。她的审视带着些讽刺,因为不管怎样,当人们清醒时,他们的关系就改变了,她看着那道持续的闪光,冷酷的光,无情的光,完全就是她,又完全不是她,让她对它有求必应(她夜间醒来,能看到它弯折过他们的床,照射在地板上),尽管她思考了这一切,但她仍着迷地注视它,被催眠一般,好似它正用自己银色的手指触碰她脑海里的某个密封容器,如果这个容器被猛地打开,她将被欢乐淹没,她已知那种快乐,精致的快乐,强烈的快乐。灯塔的闪光给汹涌的波涛镀上了一层更明亮一些的银色,在日光褪去的时候,海面褪去蓝色,闪光在纯柠檬色的波涛之间翻滚,海浪翻卷高涨,轰然拍上海滩,她的眸子绽放出狂喜的光,单纯的喜悦潮水般涌上她的心底,她觉得,这就够了!这就够了!

他转过来,看见她。啊!她真美,此时的她比以往任何时候都要美,他觉得。但他不能对她说话。他不能打扰她。他此时急切地想对她说话,既然詹姆斯已经走了,她终于是一个人了。但他下定决心:不,他不会打扰她。此时她的美丽、她的悲伤，拒他于千里之外。他会任她如此，他一言不发地经过她，尽管她看起来竟然如此遥远，令人伤心，可他不能接近她，他爱莫能助。他本来就要又一次一言不发地经过她，而她正好在那一刻主动地满足了她知道他永远不会提出的要求——她唤住他，拿起画框上的绿色披巾，走到他身边。因为她知道，他希望保护她。

12

她将绿色的披巾叠起披在肩上。她挽起他的手臂。他太漂亮了，她说，开始谈起园丁肯尼迪，他一下子变得这么英俊，以至于她没法儿解雇他。一架梯子靠着温室，温室周围沾着小块的油灰，因为他们已经开始修补它。是的，可当她与她的丈夫缓步经过时，她觉得那个特殊的忧虑源头已等在那儿。他们缓步经过时，她的话到了嘴边，"那要付五十镑。"但涉及钱，她失去了勇气，相反，她谈起了贾斯珀打鸟，而他立即安慰她说男孩子那样很正常，他相信儿子不久后就能找到更好的娱乐方式了。她的丈夫这么通情达理,这么公正。所以她说:"是啊,孩子们都要经过这些阶段。"然后她开始考虑大花圃里的大丽花,想知道明年的花儿会开得怎样,还问他是否听说了孩子们给查尔斯·坦斯利起的绰号。无神论者,他们叫他,小无神论者。"他不是个圆滑的家伙。"拉姆齐先生说。"差得远呢。"拉姆齐夫人说。

她认为任坦斯利自行其是没什么不好,拉姆齐夫人一边说,一边想着把球茎派发下去有没有用,园丁们种了它们吗?"哦,他有他的论文要写。"拉姆齐先生说。关于那个,她什么都知道,拉姆齐夫人说,他别的什么都不谈。他说论文是关于某人对某物的影响①。"嗯,那是他全部的指望。"拉姆齐先生说。"老天保佑他可别爱上普吕。"拉姆齐夫人说。要是她嫁给他,自己就会剥夺她的继承权,拉姆齐先生说。他没在看妻子正在打量的花儿,却看向它们上方大概一英尺的地方。他人倒不坏,拉姆齐先生补充,

---

① 前文坦斯利说的是"某物对某人的影响",拉姆齐夫人应该是听错了或者记错了。

正要说出不管怎么样,他是英格兰的年轻人里面唯一敬仰自己的——这时他把话咽了回去。他没再用他的书让她烦心。这些花儿似乎值得称道,拉姆齐先生说,放低目光,注意到那些红色和棕色。是的,不过这些是她亲手种的,拉姆齐夫人说。问题是,如果她把球茎派发下去会发生什么呢,园丁肯尼迪会种它们吗?他的懒惰无药可救,她补充说,继续往前走。如果她整天手里拿着铲子监督他,他有时候确实会干上一件活儿。他们就这样向前缓步走去,走向那片火把莲。"你正在教你的女儿们夸大其词。"拉姆齐先生责怪她说。她的卡米拉姨妈比她夸张得多,拉姆齐夫人说。"我觉得不会有人拿你的卡米拉姨妈当作品德高尚的榜样。"拉姆齐先生说。"她是我见过的最美的女人。"拉姆齐夫人说。"最美的是别人。"拉姆齐先生说。普吕会比她漂亮得多,拉姆齐夫人说。他可一点儿没看出来,拉姆齐先生说。"好,那今晚就看看吧。"拉姆齐夫人说。他们停下来。他希望能劝说安德鲁更努力一些。如果他不努力,就会丧失得奖学金的一切机会。"哦,奖学金!"她说。拉姆齐先生认为她用这种口气说起奖学金这样一件严肃的事情,是很荒唐的。如果安德鲁能得到奖学金,自己会为他感到非常骄傲,他说。如果他得不到,她一样会为他感到骄傲,她回答。他们对此总是意见不一致,不过没关系。她喜欢他信奉奖学金,而他喜欢她无论安德鲁做了什么都为他骄傲。突然,她想起悬崖边上的那些小路。

是不是很晚了?她问。他们还没回家。他漫不经心地弹开表壳。可是才刚过七点。他拿着敞开的表,过了片刻,决定把他在露台上的感受告诉她。首先,如此紧张没什么道理,安德鲁会照顾好自己的。接着,他想告诉她他刚才在露台上散步的时候——这个时候他开始不安,仿佛他正闯入她的那份孤寂、那份超然、那份疏远……但她催促他。他想告诉她什么,她问,以为是关于到灯塔去的;关于他为自己说了那句"真见鬼"感到抱歉。然而不是。他不愿意看到她显得这么悲伤,他说。只是心不在焉罢了,她提出异议,脸色微微泛红。他们都觉得不安,好像不知道是该继续走还是回去。她一直在给詹姆斯读童话,她说。不,他们分享不了那个话题;他们说不了那个话题。

他们到了两丛火把莲的缺口处,又看到了灯塔,但她不让自己看向它。要是她早知道他正在看她，她想，她就不会让自己坐在那儿沉思了。她不喜欢能让她想起她被一直注视着坐在那儿沉思的一切。所以她转过头，看向城镇。灯火泛起涟漪，流淌游动，宛如被风稳稳托起的银色水滴。那么所有的贫困、所有的苦难都已经变成了那片光，拉姆齐夫人想。城镇的、海港的和船只的灯光似乎像是漂浮在那儿的虚幻的网，标记出已隐没的事物。好吧，如果他分享不了她的思绪，拉姆齐先生对自己说，那么他可以独自离开。他想继续思考，跟自己说说那个休谟陷入泥沼的故事；他想笑出来。可是首先，为安德鲁担忧没什么意义。他在安德鲁那个年纪的时候，常常整天在乡间走动，除了口袋里的一块饼干之外什么也不带，没人会为他烦恼，或者觉得他会从悬崖上掉下去。他大声说，他决定如果天气允许，他要出去走上一天。他已经受够了班克斯和卡迈克尔。他想要独处一小段时间。好啊，她说。她的不假思索的赞同惹恼了他。她知道他决不会那么做。他现在年纪大得没法儿往口袋里揣块儿饼干就走上一整天了。她担心男孩儿们，却不担心他。他们站在火把莲花丛中间的时候，他一边看向海湾对面,一边想,多年前,他结婚以前,他还能走上一整天。他曾经在一家酒馆吃些面包和奶酪充作一顿饭。他曾经一口气工作十小时,只有一个老妇人不时探头进来照看炉火。那是他最喜爱的乡村,就在那儿;那些沙丘正隐没于黑暗之中。人们可以走上一整天,连个鬼影子也看不见。一连几英里几乎一栋房子都没有,一座村庄都没有。独处时人们可以苦思冥想。那里有亘古以来无人踏足的小沙滩。海豹挺直身子望向你。有时候,他似乎觉得自己在那里的一栋小房子里,独自一人——他突然停下,叹口气。他没有权利。八个孩子的父亲——他提醒自己。哪怕只是渴望一丁点变化,他就会成为禽兽和杂种。安德鲁会成为比他更好的人。普吕会成为美人儿,她的妈妈说的。他们多少都会阻止那股洪流的。总的说来,那是一件小小的杰作——他的八个孩子。他们的存在证明他并非一味地诅咒这个可怜的小宇宙,因为在这样的傍晚,看着渐渐隐没的陆地,他觉得那座小岛似乎尤其渺小,一半已被海水吞没。

"可怜渺小的地方。"他叹着气,喃喃道。

她听到了他说的话。他说的是最忧郁不过的事情,但她注意到他似乎总是话一出口就比平常还要快活。所有这些遣词造句都是文字游戏,她认为,因为她如果把他会说的话说上一半,她这会儿会开枪打碎自己的脑袋。

这种遣词造句惹恼了她,于是她用一种毫无感情的态度对他说,真是个十足美丽的傍晚。他在抱怨什么呢,她问,半嗔半笑,因为她猜到了他正在想什么——如果没结婚,他本可以写出更好的书。

他没有抱怨,他说。她知道他没抱怨,也知道他没什么可抱怨的。他抓住她的手,举到唇边,热情地亲吻着,那让她热泪盈眶,而他迅速地放下她的手。

他们转身离开这片风景,互挽着手臂,开始沿长着银青色标枪似的植物的小路往前走。他的胳臂跟年轻小伙子的胳臂差不多,拉姆齐夫人想,又瘦又结实。她愉快地想,尽管年过六十,他还是那么强壮,那么桀骜和乐观,像他那样,确信存在各种各样的恐惧,但那似乎不仅没有让他沮丧,反而让他振奋,多么奇妙。这难道不奇特吗?她思考。她有时实在觉得他与其他人截然不同,对于平常的事物,他生来就又瞎又聋又哑,但对非凡的事物,却有着鹰一般的眼睛。他的悟性常常令她吃惊。可他注意到了花儿吗?没有。他注意到了风景吗?没有。他真的注意到了他自己女儿的美貌或者他的盘子里是布丁还是烤牛肉吗?他和他们一起坐在桌边,就像一个人置身梦中。而且他大声说话或大声念诗的习惯愈发严重,她担心;因为那有时会令人尴尬——

> 出来吧,最明媚、最秀丽的![1]

可怜的吉丁斯小姐,当他冲她喊出这句的时候,她几乎魂不附体。不过拉姆齐夫人立即站在他的一边,对抗世界上愚蠢的吉丁斯一流,此外她认为,她轻轻地按了一下他的胳臂,示意他上山的速度对她来说太快了,她必须停下片刻,看看岸上那些是不是新的鼹鼠丘,此外她认为,同时俯身望过去,像他这样伟大的头脑必定会在方方面面

---

[1] 出自珀西·雪莱的《给珍妮:一个邀请》,查良铮译,1993年。

与我们有所不同。她一边肯定是一只野兔钻进了鼹鼠丘,一边想,她认识的所有伟大人物,全都是像他这样,仅仅听他说话,仅仅看看他,就能让年轻人受益匪浅(虽然报告厅沉闷的气氛压抑得几乎叫她无法忍受)。可是如果不射杀那些野兔,人们用什么方法才能控制它们呢?她想知道。那可能是野兔,可能是鼹鼠。总之某种动物在毁坏她的月见草。抬起目光,她望见稀疏的树木上方出现了那颗闪闪烁烁的星星的第一缕明灭星光,于是她想让她的丈夫也看看,因为这幅景致让她如此津津有味。但她克制住了自己。他从来不看景物。如果看了,他也只会叹口气说,可怜渺小的世界。

那时,他说"非常好",以此来讨她的欢心,假装自己正在赏花。但她非常清楚他并不欣赏它们,甚或并没有意识到它们的存在。那只是为了讨她的欢心……啊,可那不是莉莉·布里斯科正和威廉·班克斯在散步么?她用近视的双眼凝视这俩人离去的背影。是的,那确实是他们。这难道不意味着他们会结婚吗?是的,一定会!多么绝妙的主意啊!他们一定会结婚!

13

　　他去过阿姆斯特丹,班克斯先生与莉莉·布里斯科缓步走过草坪的时候说。他见过伦勃朗①的作品。他去过马德里。遗憾的是,那天是受难日②,普拉多③闭馆了。他去过罗马。布里斯科小姐从未去过罗马吗?哦,她应该去——对她来说,那将是一次绝妙的体验——那儿有西斯廷教堂、米开朗基罗,还有帕多瓦④,及乔托⑤的作品。他的妻子多年来体弱多病,以至于他们的观光总是适可而止。

　　她去过布鲁塞尔。她去过巴黎,但只是行色匆匆地拜访了一位生病的姨妈。她去过德累斯顿⑥,那儿还有大量的画作她还没看。可是,莉莉·布里斯科思忖,也许不看那

---

① 伦勃朗(1606—1669),荷兰画家。
② 复活节前的星期五。
③ 普拉多博物馆,建于18世纪,位于西班牙马德里,被认为是世界上最伟大的博物馆之一,亦是收藏西班牙绘画作品最全面、最权威的美术馆。
④ 意大利北部城市,乔托曾在此留下大量艺术作品。
⑤ 乔托·迪·邦多纳(1266—1337),意大利画家、雕刻家与建筑师,意大利文艺复兴时期的艺术先驱,被誉为"欧洲绘画之父"。
⑥ 德累斯顿是德国"文化的代言词",萨克森州首府和第一大城市,德国十大主要城市之一,德国东部仅次于首都柏林的第二大城市。

些画更好，它们只会让人对自己的作品感到无望的不满。班克斯先生认为人要是持有这种观点就太过头了。我们不可能都是提香①，我们不可能都是达尔文，他说；与此同时，他怀疑如果没有我们这样的凡夫俗子，是否还会有达尔文和提香。莉莉本想夸赞他，您不是凡夫俗子，班克斯先生，她本想这么说。但他不想要夸赞（大多数男人是想要的，她想），她对自己的冲动有些赧颜，就什么都没说，而他评论说或许他说的并不适用于绘画。不管怎么样，甩掉自己小小的虚伪，莉莉说，她还是会继续画画，因为她对此有兴趣。是的，班克斯先生说，他肯定她会的，此时他们走到草坪的边缘，他问她是否很难在伦敦找到绘画的主题，正在此时，他们转身看见了拉姆齐一家。原来那就是婚姻，莉莉想，一个男人和一个女人看一个女孩儿扔一个球。那就是拉姆齐夫人前几天夜里试图告诉我的，她想。她披着一条绿色的披巾，他们站得很近，一同注视普吕和贾斯珀

---

① 提香·韦切利奥，又作提齐安诺·维伽略（约 1488/1490—1576），意大利文艺复兴后期威尼斯画派的代表画家。

扔接球。突然之间，就好像他们正走出地铁或正按响门铃，意义没来由地降临在他们的身上，让他们具有符号性，让他们具有代表性，意义来到他们身边，让他们在暮色中伫立、注视，成为婚姻的象征——丈夫和妻子。接着，转瞬之间，超越真人的象征性轮廓再次沉落，就在他们遇见莉莉和班克斯的时候，他们变回正看着孩子们扔接球的拉姆齐先生和拉姆齐夫人。不过片刻之后，拉姆齐夫人露出惯常的笑容问候他们（哦，她正在想我们会结婚，莉莉想），并说"我今晚赢了"，意思是班克斯先生仅此一次同意与他们一同用餐，而不是躲回他自己的住处，让他的下人用恰当的方式在那儿烹制蔬菜；尽管如此，但正是在那一刻，随着那个球飞到高空，他们用目光追随它，却不见它的踪迹，只见到那颗星星和垂下的枝条，他们产生了一种什么东西被吹散的感觉、空白的感觉、不可靠的感觉。在正消逝的日光中，他们看起来轮廓鲜明、超脱世俗、遥遥相隔。随后，普吕跨越广阔的空间冲回来（因为一切物体仿佛已完全消逝），全速跑进他们中间，左手炫耀般地高高接住球，她的母亲说："他们还没回来？"顿时，魔咒失灵了。

拉姆齐先生觉得这会儿可以自在地放声大笑了,他想起休谟陷入泥沼,一个老妇人救他出来的条件是让他念主祷文,他一边轻笑,一边慢慢走向自己的书房。拉姆齐夫人让已经从扔球游戏脱身的普吕重新回来扔球,并且问道:

"南希和他们一起去的?"

14

[当然,南希和他们一起去的,因为明塔·多伊尔伸出她的手,用她那默然无声的表情提出了邀请,就在午饭之后,在南希走开并准备回到她的阁楼里去躲避可怕的家庭生活的时候。于是南希认为自己必须得去了。她并不想去。她根本不想被牵扯进去。就在他们沿着路往悬崖走的时候,明塔一直拉着她的手。后来她放开手。后来明塔再次拉住她的手。明塔想要的是什么?南希问自己。当然,人们总会想要些什么;因为明塔拉住和牵起她的手时,南希无奈地看到了整个世界在她的下方展开,犹如透过一层薄雾看到了君士坦丁堡,于是,不管人们的眼皮多么沉重,都偏

偏要问:"那就是圣索菲亚①?""那就是金角湾②?"于是,南希问了,就在明塔拉住她的手时。"她想要的那个是什么?是那个吗?"那个是什么?(就在南希俯视在她下方展开的生活的时候)在薄雾中间,这里浮现出一个尖顶,那里浮现出一个穹顶;还有一些不知名的什么突起。但是就在他们跑下山坡时,明塔放开她的手,所有那些,穹顶、尖顶,无论什么从薄雾中突起的东西,都沉入薄雾,消失无踪。安德鲁注意到,明塔走路很厉害。她穿的衣服比大多数女人都实用。她穿着非常短的裙子和黑色灯笼裤。她可以直接跳进溪流,跌跌撞撞地走到对岸。他喜欢她的莽撞,但他知道那可不行——总有一天,她会因为某种愚蠢的做法而丢掉性命。她似乎无所畏惧——除了公牛之外。在田野上,只要见到一头公牛,她就挥舞手臂,发出尖叫,拔腿飞奔,当然,那恰恰会激怒公牛。但她丝毫不介意坦白这个弱点,

---

① 圣索菲亚大教堂,位于君士坦丁堡(今土耳其的伊斯坦布尔),以其巨大的圆顶而闻名于世,是拜占庭式建筑的代表作。
② 位于博斯普鲁斯海峡南口西岸,从马尔马拉海伸入欧洲大陆,长约7公里,曾经是君士坦丁堡(今土耳其的伊斯坦布尔)港口的主要部分。

人们必须承认这一点。她知道自己见到公牛就胆小如鼠,她说。她觉得自己还是婴儿的时候,一定在摇篮里被公牛用牛角挑起来过。她似乎毫不在乎自己的言行。这会儿,她突然俯冲到悬崖边缘,开始唱起一首歌:

去你的狗眼,去你的狗眼。

他们都不得不加入,唱起齐唱部分,一起大喊大叫:

去你的狗眼,去你的狗眼。

可要是在他们上到海滩之前,潮水就涌进来淹没了所有赶海的好场子,那可要命了。

"要命了。"保罗跳起来赞同,他们一步一滑地朝下走时,他一直在引用旅游指南里的话,"这些岛屿名不虚传,因为有公园一般的景色和丰富多彩的海洋珍宝。"但那可完全不怎么样,这么大喊大叫,还去你的狗眼,安德鲁小心地走下悬崖的时候感到,明塔这么轻拍他的后背,叫他"老伙计",诸如此类,那可完全不怎么样。带着女人出来散步真是糟糕透顶。一到海滩,他们就分开了,安德鲁来到伸到海里的那块"教皇的鼻子"礁石边①,脱下鞋,把袜子塞进鞋里,让那一对儿自便;南希涉水走到属于她自己的礁石边,寻找属于自己的水洼,让那一对儿自便。她蹲下身子,摸着光滑如橡胶的海葵,它们粘在礁石侧面,好像一块块果冻。在沉思中,她把水洼想成大海,把小鱼想成鲨鱼和鲸鱼,她举起手来挡住阳光,给这个小世界投下一片浩瀚云层,就这样为数百万无知和无辜的生灵带来昏暗和凄凉,就像上帝本人,她又突然把手拿开,让阳光倾泻而下。某只奇异的海怪(她还在扩张水洼)在纵横延伸的白色沙滩上昂首阔步,边缘有须,戴着铠甲,溜进了山坡的巨大裂缝中。随后,她的目光微不可察地掠到水洼上方,停留在摇摆不定的海天一线,停留在地平线的树干上,那些树干被汽轮冒出的烟扭扯,那种力量汹涌冲来,又不可避免地退去,她如痴如醉,那种广阔感和这种渺小感(水

---

① Pope's Nose,意为"鸡屁股"。

洼再次缩小)在这中间达到顶峰,那种强烈的感觉让她觉得自己被束缚住了手脚,无法动弹,那种感觉分解了她的躯体、她的生命,以及世界上所有人的生命,永永远远,直至虚无。她就这样蹲在水洼上,聆听涛声,陷入沉思。

安德鲁大叫着海水进来了,于是南希跳起来,趟过浅浅的海浪上了岸,跑上海滩,被自己急躁的个性和飞奔的欲望带到一块礁石的后面——噢,天啊!——保罗和明塔在那儿拥抱,可能还在接吻。她义愤填膺、愤愤不平。她和安德鲁在死一般的沉寂中穿上鞋袜,对此只字不提。他们对彼此实在是相当没好气。她看见小龙虾或者不管什么的时候本应该叫他一声,安德鲁咕哝着。然而,他们俩都觉得那不是他们的错。他们也不想发生这种讨厌的麻烦事。这件事使安德鲁因为南希是个女人而气恼,同样使南希因为安德鲁是个男人而气恼,于是他们非常灵巧地系上鞋带,把绳结拉得很紧。

等到他们再次爬上悬崖顶端的时候,明塔才大喊她弄丢了祖母的胸针——她祖母的胸针,是她唯一拥有的首饰——垂柳的形状,是珍珠的(他们一定记得)。他们一

窗

定见过,她说,眼泪淌下脸颊,她的祖母一直把这枚胸针别在帽子上,一直到临终那天。现在她却把它弄丢了。她宁愿弄丢其他任何东西,也不能弄丢这个!她要回去找它。他们全都往回走。他们翻弄、细看、找寻。他们把头俯得很低,简短生硬地说着什么。保罗·雷利像个疯子似的找遍了他们坐过的礁石。就在保罗叫他"彻底搜索这点到那点之间"的时候,安德鲁心想,为一枚胸针就这么折腾可真是完全不怎么样。潮水迅速涌来。海水不一会儿就会淹没他们坐过的地方。这会儿他们想找到胸针一丁点机会都没有。"我们会被困住!"明塔突然惊恐地尖叫起来。好像万分危险一样!好像公牛又来了一样——她控制不了自己的情绪,安德鲁想。女人都控制不了情绪。可怜的保罗不得不安抚她。男人们(安德鲁和保罗顿时表现出男子气概,与平时大相径庭)短暂地交换了意见,决定把雷利的手杖插进他们坐过的地方,等到退潮的时候再回来。现在再没什么能做的了。如果那枚胸针在那儿,明早它还会在那儿,他们向她保证,但在爬上悬崖顶端的一路上,明塔还是啜泣不已。那是她祖母的胸针;她宁愿弄丢其他任何东西,也不能弄丢这个,可是南希觉得明塔介意弄丢胸针可能不假,她的哭泣却不单单是为了那个。她在为别的什么事儿哭泣。我们都应该坐下来哭一场,她想。可她不知道要为了什么哭。

他们一起往前走,保罗和明塔,他安慰她说自己在找东西方面很有名气。他还是个小孩儿的时候,就找到了一块金表。他明天天一亮就起床,他肯定自己会找到胸针。他觉得那会儿天差不多还是黑的,他一个人待在海滩上,不知怎么地,没准儿很危险。可他还是跟她说,他肯定能找到,而她说不愿听他说天一亮就起床;胸针已经丢了,她知道;她今天下午戴的时候就已经有一种预感了。于是他暗下决心,他不会跟她说,但他会在天刚亮大家都还在睡觉的时候溜出房子,要是他找不到,他就去爱丁堡①给她再买一个,跟这个一样,还要更漂亮。他要证明自己的本事。走上山时,他们看见下方城镇的灯火,灯火突然一盏接一盏地亮起,宛若在他的身上将要发生的事情——他的

---

① 苏格兰首府,位于苏格兰中部低地的福斯湾南岸,距离他们所在的赫布里底群岛一百多公里。

婚姻，他的孩子，他的房子；他们走上被高高的灌木荫蔽的公路时，他又想，他们会如何一同退休隐居，一直走下去，他一直领着她，而她则依偎在他的身边（就像她现在这样）。他们在十字路口转弯的时候，他想到自己经历了一段多么令人吃惊的体验啊，他必须告诉什么人——拉姆齐夫人，当然是她，因为光是想想他做了什么就让人喘不上气。向明塔求婚是他这辈子最重大的时刻。他要径直去找拉姆齐夫人，因为他觉得不知为何，她就是那个让他这么做的人。她让他以为自己无所不能。别的人都不把他当回事儿，但她让他相信他可以做任何自己想做的事情。他觉得她的视线今天一整天都落在他的身上，追随着他（尽管她一语未发），好像在说："是的，你能行。我相信你。我期待你这么做。"她让他感到了那一切，他们一回去（他寻找着海湾上方那幢房子的灯光），他就要去找她说，"我做到了，拉姆齐夫人，多亏了你。"转入通向那幢房子的小路时，他可以看到灯光在楼上的窗户上晃动。他们这会儿回来肯定太晚了。人们都准备吃晚餐了。房子灯火通明，黑暗之后的灯光让他的眼睛感觉充实，走上车道时，他孩子气地对自己说,灯光、灯光、灯光,又茫然地重复,灯光、灯光、灯光。他们走进房子的时候,他表情僵硬地张大眼睛环顾四周。可是,天呐,他自言自语,把手放在领带上,我可不能让自己像个傻瓜。]

15

"是的,"普吕说,依照她深思熟虑的风格,回答她母亲的问题,"我想南希是和他们一起去的。"

16

那么,南希是和他们一起去的,拉姆齐夫人疑惑不解地猜测,她放下刷子,拿起梳子的时候,听到轻轻的敲门声,便说道"进来"(贾斯珀和罗丝走进来),南希是否跟他们在一起的事实让将要发生什么的可能性是更低还是更高;他们在一起,这让事情发生的可能性更低,不知怎的,拉姆齐夫人非常没道理地觉得,毕竟这么多人的灾难不太可能发生。他们不可能全淹死。她再一次孤独地感到那位的存在,她的老对手——生活。

贾斯珀和罗丝说米尔德丽德想知道是不是该推迟晚餐。

"又不是等英格兰女王。"拉姆齐夫人断然说道。

"又不是等墨西哥皇后。"她补充,以取笑贾斯珀;因为他跟他的母亲有一样的毛病:同样喜欢夸大其词。

贾斯珀记下口信的时候,她说,如果罗丝愿意,可以帮她挑挑应该戴哪件首饰。既然有十五个人正在坐等晚餐,可不能让什么都一直等下去。她此时开始恼火他们这么晚还不回来;她对他们的恼火超过了对他们的担忧,他们偏偏选择今晚出去这么晚,太不顾及别人了,实际上她希望今天的晚餐格外美好,因为威廉·班克斯终于同意和他们一起用餐了;而且他们还将享用米尔德丽德的拿手菜——法式红酒炖牛肉。这道菜的关键是要一出锅就上桌,牛肉、月桂叶、红酒——一切必须煮得恰到火候。做好菜放那儿等着根本不行。不过,偏偏是今晚,他们出去了,他们又回来晚了,而饭菜不得不端上去,同时饭菜不得不再次加热;那样法式红酒炖牛肉就会彻底毁了。

贾斯珀给她选了一条欧泊石项链，罗丝选了一条金项链。哪一条跟她的黑色礼服更般配呢？到底哪一条呢？拉姆齐夫人心不在焉地说，端详镜子中她的脖颈和双肩（不过她避开了她的脸庞）。接着，在孩子们翻找她的首饰时，她望向窗外，看到了总是能逗她开心的场景——秃鼻乌鸦正努力地决定在哪棵树上栖息。每一次，他们似乎都会改变心意，再次飞到空中，她想，那只老秃鼻乌鸦，秃鼻乌鸦父亲，她给它起的名字是老约瑟夫，它是一只性情执拗和令人头疼的鸟儿。它是一只肮脏的老鸟儿，翅膀上的一半羽毛都没了。它就像自己见过的某位老绅士，戴着高帽，衣衫褴褛，在酒馆前面吹小号。

"看！"她笑着说。它们其实在打架。约瑟夫和玛丽在打架。不管怎么样，它们再次飞起，空气被它们的黑色翅膀拨到一旁，被剪成精致的弯刀形状。翅膀扑腾，腾，腾——她无法找到让自己满意的精确描述——在她眼里，那是最美好的一幅景象。看那边，她对罗丝说，希望罗丝能比她看得更清楚。因为你的孩子们经常会比你自己的感知更敏锐一些。

可是该选哪一条？他们打开了她首饰盒里的所有浅抽屉。是选那条意大利的金项链，还是那条詹姆斯叔叔从印度带给她的欧泊石项链？或者她应该佩戴她的紫水晶？

"挑挑，最亲爱的，选吧。"她说，希望他们加快速度。

可她还是让他们不慌不忙地挑选。她让罗丝，特别是罗丝，拿起这个，又拿起那个，举起她的首饰在黑色礼服上比照，因为这个每晚例行的挑选首饰的小小仪式是罗丝最喜欢的，她知道。罗丝非常重视为她的母亲挑选佩戴什么，那自有某种隐秘的原因。什么原因呢，拉姆齐夫人想知道，她站着不动，一边让罗丝为她扣好选出的项链，一边根据自己的过往忖度，人们在罗丝的这个年龄，会对自己的母亲怀有某种深沉、某种隐匿、某种言语无法表达的情感。与感觉到别人对自己的所有情感一样，拉姆齐夫人想，那让人忧愁。对这种感情，人们可以回报的太有限了；而且罗丝对她的感情，与她真实的样子也很不相称。罗丝会长大；罗丝怀有这些深沉的感情，她以后会经受磨难，她猜想。接着她说自己现在准备好了，他们可以下去了，于是贾斯珀应该将手臂伸过去，因为他是绅士，而罗丝，因为她是淑女，应该拿着她的手帕（她把手帕给了罗丝），还有别的什么吗？哦，对，可能会冷：得拿一条披巾。为我选一条披巾，她说，因为那能满足罗丝，必将经受磨难的罗丝。"瞧，"她说，在楼梯平台的窗边停下脚步，"它们又到那边了。"约瑟夫已经落在另一棵树的梢头。"你觉得它们不会介意吗？"她对贾斯珀说，"如果它们的翅膀被折断。"他为什么想要去打可怜的老约瑟夫和玛丽呢？他在楼梯上有些站立不安，觉得受到了指责，但并不严重，因为她不懂打鸟的乐趣；鸟儿们又没有感觉；而且作为他的母亲，她住在世界的另一处区间，但他非常喜欢她的关于玛丽和约瑟夫的故事。她让他笑了出来。可是她怎么知道那些是玛丽和约瑟夫？她以为每天晚上都是同一拨鸟儿来到同一片树上吗？他问。可是这会儿，就像所有大人那样，她突然一点儿都不关注他了。她正在倾听大厅里的喧哗声。

"他们回来了！"她叫道，放心之余立即对他们生出更多的恼意来。于是她想知道，事情发生了？她下去，他们就会告诉她——不，不会。他们不会当着所有这些人告诉她所有的事情。所以她必须下去，开始晚餐，然后等待。

于是，就像发现自己的子民聚集在大厅的某位女王，她俯视他们，下去来到他们中间，默默地接受他们的歌颂，接受他们的忠诚，接受他们在她面前的拜伏（她经过的时候，保罗的面部肌肉毫无牵动，只是直勾勾地盯着前方），她走了下去，穿过大厅，微微颔首，仿佛她接受了他们无法说出的，他们对她的美丽的歌颂。

可她顿住脚步。传来一股烧煳的气味。他们不会把法式红酒炖牛肉煮干了吧？她纳闷，老天保佑可千万别！响亮的锣声叮当响起，庄严、权威地宣告：分散在房子里的所有人，在阁楼里、在卧室里、在他们自己休息的地方，阅读的、写作的、梳理头发的，或者系紧服装的人们，都必须放下那一切，把零碎玩意放回他们的盥洗台和梳妆台，把小说放回床头柜，把隐秘的日记放好，聚集到餐厅，共进晚餐。

17

可我这一生都干了什么？拉姆齐夫人想，在桌子的上首就座,看着桌上所有白色圆圈状的盘子。"威廉,坐在我旁边。"她说。"莉莉,"她疲倦地说,"那边。"他们拥有那个——保罗·雷利和明塔·多伊尔——而她,只有这个——一张极长的桌子,还有盘子和刀子。最远端是她的丈夫,他坐下,瘫作一堆,皱着眉头。为了什么?她不知道。她不在乎。她不理解自己如何会对他生出情感和爱意。她有种一切都过去了,一切都经历了,一切都超脱了的感觉,就在她帮忙盛汤的时候,好像那儿有一团漩涡——就在那儿——人们可以在里面,或者可以在外面,而她就在漩涡外面。一切都结束了,她想,此时他们一个接一个地进来,查尔斯·坦斯利——"请坐在那儿。"她说——然后是奥古斯塔斯·卡迈克尔——他们随后都坐下了。与此同时,她在被动地等待,等待有人回答她,等待发生什么事。但这不是一件人们会说到的事情,一边舀汤,她一边想。

对着这种矛盾皱起眉头——那是她正在想的;这是她正在做的——舀汤——她愈来愈强烈地觉得自己置身于漩涡之外;或者仿佛一道遮帘落下,褪去色彩,她看到了真实的事物。房间（她环视它）非常破旧。到处都不漂亮。她克制住不去看坦斯利先生。他们之间没什么交融的迹象，都各坐各的。营造水乳交融、热火朝天的活跃气氛就全靠她了。她再次感到男人的贫乏，那是不带敌意的事实，因为如果她不做，就没人会做，所以让自己振作一点，就像人们晃动一块已经停摆的表，古老熟悉的脉搏开始跳动，就像手表开始滴答——一、二、三，一、二、三。如此等等，她反反复复，倾听着它，呵护和照料那仍旧微弱的脉搏，就像人们用一张报纸守护一团微弱的火焰。原来如此，她得出结论，默默地向威廉·班克斯探过身子，以示交流——可怜的人！没有妻子，没有孩子，除了今晚之外，只能孤零零地在住处吃饭；对他同情之余，生活此时又强大到足以对她施加影响了，她要开始履行这一切职责了，好像水手毫无倦意地看着风灌满他的帆，却不想再次出发，他想到船要是沉了，自己就得在漩涡里转啊转，最后安息在海底。

"您看到您的信了吗？我告诉他们给您放在大厅。"拉姆齐夫人对威廉·班克斯说。

莉莉·布里斯科眼看着拉姆齐夫人渐渐进入那片奇特

的无人之境,要在那种地方跟上她是不可能的,但她的前行会让注视的人心存寒意,以至于他们总会试图至少用目光跟上她,就像人们目送一艘船渐渐远去,直到船帆沉入地平线。

她看上去多么苍老,她看上去多么疲倦,莉莉心想,还有多么疏远。但当她笑着转向威廉·班克斯的时候,就好像那艘船转回来了,阳光再次穿透它的帆,由于松了一口气,于是莉莉饶有兴味地揣摩,她为什么同情他?那是她告诉他信在大厅时她给人的印象。可怜的威廉·班克斯,她似乎在说,就好像她自己的疲倦一部分是因为同情别人,而她体内的生命,她重新生活的决心,都是由同情激发的。那不是真的,莉莉想;那是她的一次判断失误,这种失误的判断似乎是出自本能,源于她自己的某种需要而不是其他人的需要。他半点同情都不需要。他有自己的工作,莉莉对自己说。她想起,冷不防地好似发现一件珍宝一般,自己也有工作。电光火石之间,她好像看到了自己的画作,然后想到,是的,我要把那棵树再往中间挪挪,这样我就能避免那片难看的空白出现。那就是我要做的。那就是一直困扰我的。她拿起盐瓶,再把它放在桌布的花纹图样上,以此提醒自己挪动那棵树。

"奇怪的是,人们从邮件中几乎得不到任何有价值的东西,可还总是希望收到谁的信件。"班克斯先生说。

他们在说什么该死的废话呢,查尔斯·坦斯利心想,把他的勺子端正地摆在盘子中间;他已经将食物一扫而光,莉莉想(他坐在她的对面,就在她的视野中间,他后面正好是窗户),就如同他下定决心要弄清楚自己的晚饭是什么。他身上的一切都是一板一眼的枯燥,都赤裸裸得令人反感。但尽管如此,可事实是,如果你看着他们中的任何人,就不可能讨厌他们。她喜欢他的眼睛;它们是湛蓝的,深陷于眼窝,望去令人生畏。

"你写的信多吗,坦斯利先生?"拉姆齐夫人问道,她也在同情他,莉莉猜想;因为拉姆齐夫人确实如此——她总是同情男人,好似他们缺少什么一样——她从不同情女人,仿佛她们不缺什么一样。他给他的母亲写信;要不是这样,他认为自己一个月也不用写一封信,坦斯利先生简短地说。

因为他不会谈论这些人们想让他谈论的那种废话。他不用这些愚蠢的女人屈尊迁就他。他一直在自己的房间阅读,现在他下来了,对他来说一切都那么愚蠢、肤浅、浮夸。他们为什么要穿礼服?他就穿着自己的便装下来了。他根本没有礼服。"人们从邮件中几乎得不到任何有价值的东西"——这是他们的老生常谈。她们就让男人说这种东西。是的,近乎千真万确,他想。年复一年,她们几乎得不到任何有价值的东西。她们什么也不干,只是说、说、说,吃、吃、吃。那就是女人的缺陷。女人用尽她们的"魅力",用尽她们的愚蠢,把文明搞得难以忍受。

"明天去不了灯塔,拉姆齐夫人。"他说,坚持自己的意见。他喜欢她,他倾慕她,他还在想下水道里那个仰望她的男人;但他觉得有必要坚持自己的意见。

他真的是,她见过的最缺乏魅力的人了,莉莉·布里斯科心想,尽管有那么一双眼睛,但再看看他的鼻子,看看他的手。那么她为什么要在意他说了什么呢?女人不会写作,女人不会画画——他说出这些又有什么关系?因为显然他对此并不信以为真,不过出于某种对他有利的原因才这么说的。她为什么要整个人像是被风吹倒的玉米那样弯下身子？还得付出相当痛苦的巨大努力才能从这种卑微中重新挺直腰杆。她必须再来一次。桌布上有那根树枝，这里有我的画，我必须把那棵树挪到中间；那才要紧——其他的都不要紧。她是否能够紧紧抓住那要紧的事不放？她问自己，不要动气，不要争辩；如果她想要报复，那就嘲笑他？

"哦，坦斯利先生，"她说，"一定得带我跟您一起去灯塔。我真是太想去了。"

他听得出来这是谎话。出于某种原因，她故意说些口是心非的话惹恼他。她在嘲笑他。他穿着他的法兰绒旧裤子。他没有别的裤子。他觉得非常难受、孤独、寂寞。他知道她因为某种原因想要取笑他；她不想跟他去灯塔；她看不起他，普吕·拉姆齐也是这样；她们全都是这样。但他可不会被女人们愚弄，所以他故意缩回自己的椅子，看向窗外，然后立即非常粗鲁地说，对她来说明天海浪汹涌，她会晕船的。

他觉得恼火，她让他在拉姆齐夫人正听着的时候说出那样的话。要是他独自在自己的房间里工作多好,他想,在他的书本中间,那才是让他觉得自在的地方。他从没欠过一便士的债;从十五岁开始,他从没花过他父亲的一便士;他拿出自己存的钱贴补家里;他负担妹妹的学费。尽管如此,他真希望自己本应懂得如何得体地回答布里斯科小姐;他真希望不曾脱口而出那样的话。"你会晕船的。"他希望自己能想出些什么跟拉姆齐夫人说说,好让她看到他不只是一个枯燥乏味的书呆子。那就是他们所有人对他的看法。他转向她。可拉姆齐夫人正在跟威廉·班克斯谈论他从没听说过的人。

"是的,拿走吧。"中断与威廉·班克斯的谈话,她简短地对女仆说道。"那肯定是十五——不,二十年前——我上次见她。"她一边说,一边再次朝班克斯转过身,仿佛他们的交谈一刻都不容错过,因为她被他们正在谈论的内容吸引住了。所以他今晚收到的其实是她的来信!卡丽还住在马洛①?一切还是不是老样子?哦,她还记得,恍如

---

① 英格兰白金汉郡南部城镇,位于泰晤士河边。

昨日——在河上，那感觉就像是在昨天——在河上划船，感觉非常冷。可要是曼宁一家制订了计划，他们就会坚持完成。她决不会忘记赫伯特在河岸上用茶匙拍死一只黄蜂！日子还在继续，拉姆齐夫人陷入沉思，二十年前，她悄悄地走在泰晤士河岸边那间客厅的桌椅之间，那时的她非常非常冷淡，就像一个幽灵；可是现在，她又像幽灵一样来到那些桌椅中间；那时的光景让她着迷，尽管她变了，但那特殊的一天，似乎现在已变得极为静寂和美丽，这么多年以来依然留存在那儿。卡丽给他写过信吗？她问。

"写过。她说他们正在建一间新的台球室。"他说。不！不！那办不到！建一间新台球室！在她看来，那是不可能的。

班克斯先生可看不出其中有什么蹊跷之处。他们现在非常富裕。他应该替她向卡丽问好吗？

"哦，"拉姆齐夫人略显惊色，"不。"她补充道，想想她可不认识建了一间新台球室的卡丽。可是多奇怪啊，她反复地说，他们竟然还在那儿过日子，这让班克斯先生觉得好笑。因为想到他们这么多年来竟然能够把日子过下去，而她一直以来居然一次也没想到过他们，真是不同寻常。

在同样的这些年间，她自己的生活多么动荡起伏啊。可没准儿卡丽·曼宁也从未想到过她。这个念头古怪又令人不快。

"人们转眼就会各奔东西。"班克斯先生说，不过想到自己毕竟既认识曼宁一家还认识拉姆齐一家，他就感到某种满足。一边放下勺子，一丝不苟地擦拭自己剃净胡须的唇边，他一边想，自己尚未与朋友们各奔东西。可是也许是他在这方面与众不同，他寻思；他从不让自己陷入一成不变的生活状态。他交友广泛……这时，拉姆齐夫人不得不停下话头，吩咐女仆把食物保温什么的。那就是他为什么更喜欢独自用餐。所有这些干扰都让他烦恼。威廉·班克斯保持着优雅有礼的风度，只是把他的左手手指平放在桌布上，仿佛一名技工在闲暇之余检查一把打磨精美并准备使用的工具，好吧，他想，这样的牺牲是友情要求人们做出的。要是他拒绝过来，就会伤害她。可是对他来说，过来一趟不值得。端详自己的手，他想，要是他独自一个人，晚餐这会儿差不多就该结束了；他就可以随心所欲地去工作了。没错，他想，这是对时间的可怕浪费。孩子们还在陆续走进来。"我希望你们有谁能去一趟罗杰的房间。"

拉姆齐太太正说着。跟其他的事情——工作——相比，他想，这一切多么琐碎，多么无聊啊。他坐在这儿，手指在桌布上敲着，此时他本该——他的脑海中闪现出他的工作大纲。这一切真是浪费时间！不过，他想，她是我的一个老朋友，我要表现出对她忠诚的样子。然而现在，此时此刻，她的存在对他来说毫无意义；她的美貌对他来说毫无意义；她跟她的小儿子坐在窗边——没有意义，没有。他只希望独自待着，拿起那本书。他觉得不舒服；他觉得自己背信弃义，竟然坐在她的旁边觉得她毫无意义。事实上，他不喜欢家庭生活。正是在他这样的状态下，人们才会自问，人们生活的目的是什么？人们才会自问，为什么人们要为繁衍后代不辞辛劳呢？这真的值得吗？作为一个物种，我们有吸引力吗？并没有那么多吧，他想，看着那些邋里邋遢的男孩儿。他最喜欢的那个孩子，卡姆，已经上床了，他推测。傻乎乎的问题，徒劳的问题，人们忙碌时从来不会问的问题。人类生活是这样的？人类生活是那样的？人们从来没有时间思考这个。可是此时他正在问自己这类问题，因为拉姆齐夫人正在向仆人们发号施令，还因为拉姆齐夫人对竟然还有卡丽·曼宁这个人的存在如此惊讶,突然让他认识到,友谊,甚至是最美好的友谊,都脆弱不堪。人们各奔东西。他再次责备自己。他正坐在拉姆齐夫人旁边,他对她竟然无话可说。

"我很抱歉。"拉姆齐夫人说,终于转向他这边。他感到僵硬和空洞,就像一双湿透了的靴子又变干了,以至于你很难把脚硬塞进去。但他必须把脚硬塞进去。他必须让自己讲话。他若做不到谨小慎微,就会被她发现自己的背弃,被她发现自己对她毫不在意,那决计不会让人愉快,他想。所以他朝她彬彬有礼地俯下头。

"您肯定不喜欢在这种嘈杂的场合用餐吧。"她说,使用了她在心神不定时所用的社交礼仪。那就是,某个会议上出现口舌纷争的时候,主持人为了协调,就会建议所有人都说法语。也许是由于蹩脚的法语,也许法语里没有能表达说话人想法的词语,无论如何,说法语强制施行了某种秩序,某种一致性。班克斯先生同样用法语回答她说,"不,没什么。"而不懂法语,甚至连这样的简单对话也听不懂的坦斯利先生立即怀疑这些话语并不真诚。他们确实是在说废话,他想,拉姆齐一家;而且他高兴地抓住了这个新发现的情况不放,他要记录下来,总有一天,他要大声读给几个朋友听听。那时,在人们可以畅所欲言的社交活动中,他要讽刺地描述"与拉姆齐一家的同住",还有他们交谈的什么废话。他会说这种体验有一次还算值得,但不会有下次。他会说女人们太让人厌烦了。当然,拉姆齐娶了一位美女,生了八个孩子,把自己掏空了。要表达的大概就是这些话吧,可是现在,此时此刻,他被迫坐在那儿,旁边是空座位,根本谈不上什么表达。一切都是零零碎碎的只言片语。他感到极其不适,甚至有身体上的不适。他希望有人给他一个表达自己意见的机会。他如此迫切地希望,以至于在椅子上坐立不安,看看这个人,又看看那个人,试图插进他们的交谈,张开嘴巴又闭上。他们在讨论渔业。为什么没人问问他的意见?他们知道什么是渔业?

莉莉·布里斯科对此了若指掌。坐在他的对面,她难道会看不出这个年轻人想表现自己的欲望?就像对着一幅X光片,看见位于他血肉之躯里薄雾暗处的肋骨和股骨——

那团稀薄的雾气就是传统礼节，压制了他想插嘴谈话的焦灼欲望。可是她想，眯起她的中国式小眼睛，想起他是怎么嘲笑女性的，"不会画画，不会写作"，我凭什么帮他解脱呢？

有一套行为规范，她知道，其中第七条（可能是）说在这种情况下，女人理所当然地，无论她自己是什么职业，都要向对面的年轻男子伸出援手，好让他那些股骨、那些肋骨一样的虚荣和展示自己的急切欲望得到表现和缓解；她用自己老姑娘的公正态度思索，假使地铁突然着火，帮助我们的确是他们的责任。她想，那时我肯定会寄希望于坦斯利先生助我脱困。可是如果我们双方都不做这些事情，她想，那又会怎么样呢？于是她坐在那里，露出笑意。

"你没打算去灯塔，是吧，莉莉？"拉姆齐夫人说。"记得可怜的兰利先生吧，他都周游世界十几次了，可他跟我说，从没有哪次能像我丈夫带他去那儿的那次更遭罪的。你是好水手吗，坦斯利先生？"她问。

坦斯利先生举起一把锤子，在空中高高挥舞；可是落下时却意识到他不能用这样的工具去砸蝴蝶，于是只说出他这辈子都不晕船。不过这一句话里浓缩的内容就像火药一样：他的祖父是渔民，他的父亲是药剂师，他完全是靠自己打拼前进；他对此自豪不已；他是查尔斯·坦斯利——似乎在座的人谁都没有意识到这个事实，但总有一天，这个事实会人尽皆知。他怒视前方。他几乎都要可怜这些温文尔雅的人了，总有一天，他们会像一包包羊毛和一桶桶苹果，被他体内的火药炸上高空。

"您会带我去吗，坦斯利先生？"莉莉匆忙、亲切地说，因为，毫无疑问，如果拉姆齐夫人对她说，就像她实际上做的那样，"我要葬身火海了，亲爱的。除非你为眼前的痛苦敷上一些镇痛软膏，对那边那个小伙子说些动听的，生活就要触礁啦——真的，我现在就听到了摩擦声和轰鸣声。我的神经紧绷得像琴弦。再碰一下它就会断。"当拉姆齐夫人说着所有这些的时候，就在她的目光扫视过来，如同她在说着这些的时候，当然，莉莉·布里斯科不得不第一百五十次放弃这项实验——如果人们对那边的小伙子不亲切会发生什么——她的态度变得亲切起来。

准确地判定出她的语气转变——现在她对他友好起来

了——他从自我中解脱出来,他告诉她,自己还是小婴儿的时候是如何被扔到船外的,他的父亲是如何用带钩子的船篙把他捞上来的,他就是这么学会游泳的。他的一个叔叔在苏格兰海岸的某块礁石上看守灯塔,他说。他在叔叔那儿遇上过一次暴风雨。他大声说起这个的时候正好赶上大家的谈话停顿。他们不得不听他说一说与他的叔叔在暴风雨期间待在灯塔里的故事。啊,谈话发生了这样喜人的转变,莉莉·布里斯科想,她感觉到了拉姆齐夫人的感激之情(因为拉姆齐夫人现在有空儿自顾自地与别人交谈一会儿了),啊,她想,但为了你这片刻的自由,我付出了什么呢?她做了违心的事情。

她已经耍了惯用的伎俩——态度亲切。她永远不会了解他。他也永远不会了解她。人际关系尽皆如此,她想,而且最差劲的就是男人和女人之间的关系(如果不算班克斯先生的话)。她认为这些关系相当虚伪。接着她的目光落在了被她放在那儿提醒自己的那只盐瓶上,她想起明天上午要把那棵树向中间挪挪,一想到明天的绘画,她的精神就高昂起来,甚至为坦斯利先生说的话大声笑起来。如果他愿意，就让他说上一整晚吧。

"可是他们会让人留在灯塔里多长时间？"她问。他告诉了她。他惊人的见多识广。既然他心怀感激，既然他喜欢她，既然他开始快活了，所以现在，拉姆齐夫人想，她可以回到那处梦境了，那个不真实却迷人的地方，二十年前曼宁一家位于马洛的客厅；在那儿，人们可以不慌不忙、无忧无虑地四处走动，因为未来无须担心。她知道在他们身上会发生什么，在她身上会发生什么。宛若再次阅读一本好书，她知道了故事的结局，因为那是二十年前发生的，而生活——甚至可以从客厅的这张桌子上小瀑布一般倾倒而下——天知道那段光景被封印在哪儿呢，它就像一处湖泊，平静地躺在岸中间。他说他们建了一间台球室——那可能吗？威廉还会接着谈论曼宁一家吗？她希望他谈。可是，不——出于某种原因，他没了兴致。她试探了。他没有回应。她不能勉强他。她很失望。

"孩子们真丢脸。"她说，叹了口气。可他说什么守时是长大后才能学到的小优点。

"就算是吧。"拉姆齐夫人说，他只是为了避免冷场，她心想,威廉怎么成了谨小慎微的老处女了。他意识到自己的背弃,意识到她想要谈论更亲密的话题,可他眼下兴致索然,他坐在那儿,等待着,觉得生活的不顺攫住了他。也许其他人正在说什么有趣的事吧?他们在说什么?

什么鱼汛期不景气,什么渔民正在转场。他们正在谈论工资和失业。那个小伙子在斥骂政府。威廉·班克斯听到他说什么"当今政府最可耻的法案之一",心想在个人生活不顺的时候赶上听听这种事情倒是一种解脱。莉莉正在倾听,拉姆齐夫人正在倾听;他们全都在倾听。但是已经厌烦了,莉莉觉得若有所失。班克斯先生觉得若有所失。拉紧身上的披巾,拉姆齐夫人觉得若有所失。不过他们都在专心地倾听,心里想"老天保佑我的内心可别暴露",因为每个人都在想"其他人都在为政府对待渔民的做法愤愤不平、义愤填膺。再看我呢,完全无动于衷。"班克斯先生看向坦斯利先生时心想,也许就是这个人。人们总是在等待那个人。机会总是有的。领袖人物随时可能出现;那种天才,政治和其他方面的天才。对于我们这些老古董来说,他可能极不讨喜,班克斯先生思索,竭尽全力让自己善解人意，因为从脊柱的神经竖起开始，他就通过某种异样的身体感受明白了，他在嫉妒，部分是为了他自己，部分则更有可能是为了他的工作、他的观点、他的科学；所以他并非完全开明或绝对公平，因为坦斯利先生似乎在说你们已经浪费了你们的生命。你们全都错了。可怜的老古董们，你们毫无希望地落伍了。他似乎相当自负，这个年轻人，他傲慢无礼。可是班克斯先生要求自己注意到，这个年轻人有勇气，他有能力，他对实际情况极为熟悉。就在坦斯利斥骂政府的时候，班克斯先生想，或许，他说的有些道理。

"现在告诉我……"他说。于是他们争论起政治来，莉莉看着餐桌上的那幅叶子图案；拉姆齐夫人则完全任由两位男士争论，她纳闷自己为什么对这种谈话很不耐烦，看着桌子另一端的丈夫，她希望他能说些什么。一个词就行，她对自己说。因为若是他说出一句话，情况就会完全不同。他能够击中问题的要害。他关心渔民和他们的工资。他思考起那些来甚至难以入眠。要是他说话，情况就会截然不同。人们那时没有感觉到，老天保佑你们可别看出来我根本不在意,她想,因为人们都在意。接着,她意识到自己是因为如此钦佩他才会一直等待他开口,她觉得仿佛有人一直在向她称赞她的丈夫和他们的婚姻,所以她容光焕发,却没有意识到称赞他的正是她自己。她看着他琢磨,想要在他的脸上找到什么,他应该看上去气宇轩昂……然而根本不是!他脸部扭曲,他怒目而视,眉头紧皱,被气得面红耳赤。到底怎么回事?她觉得奇怪。到底出了什么事?只是那个可怜的老奥古斯塔斯又要了一盘汤——仅此而已。难以置信,令人厌恶(他隔着桌子向她这样示意),奥古斯塔斯竟然又要开始喝汤了。他最讨厌有人在他结束用餐之后还在吃。她看到他的怒火就像一群猎犬,冲上他的双眼、他的眉毛,她知道狂暴的事情立即就会爆发,接下来——谢天谢地!她看到他控制住了自己,刹住了轮子,虽然整个身体似乎都在迸发火星,但没有吐出一言一语。他绷着脸坐在那儿。他什么也没说,他要让她自己注意到。让她为此夸赞他吧!可是到底为什么可怜的奥古斯塔斯不能再要一盘汤呢?他不过碰了碰埃伦的胳臂说:"埃伦,请再给我一盘汤。"然后拉姆齐先生就这样怒气冲冲了。

可有何不可呢?拉姆齐夫人质问。他们当然可以让奥古斯塔斯喝汤,如果他想喝的话。他憎恶人们沉溺饮食,拉姆齐先生冲她皱眉。他憎恶一切像这样要拖拖拉拉几个小时的事情。可是他还是控制住了自己,拉姆齐先生要让她注意到,虽然那场景令人厌恶。可为什么要表现得这么直白,拉姆齐夫人质问(他们隔着长长的桌子对视,交换这些问题和回答,彼此都能准确地明白对方的感受)。每个人都能看到,拉姆齐夫人想。罗丝正在盯着她父亲,罗杰正在盯着他父亲,两人眼看就要爆发出大笑了,她知道,于是她及时出声道(确实正是时候):

"点蜡烛吧。"于是他们一跃而起,到餐具柜摸索。

他为什么不能隐藏自己的情绪呢?拉姆齐夫人觉得奇怪,她想知道奥古斯塔斯·卡迈克尔是否已经注意到了。也许他注意到了,也许他没注意。她禁不住对他坐在那儿喝汤的镇静自若肃然起敬。他想喝汤,他就要汤。人们嘲笑他也好,对他生气也罢,他依然故我。他不喜欢她,她知道这点;可在一定程度上她正是为了这个原因才尊敬他。她注视着他喝汤,他在昏暗的光线中显得十分高大和平静,而且伟岸,他在凝神沉思,她想知道他此时有何感受,为什么他总是心满意足,举止庄重;她想,他对安德鲁多么尽心尽力啊,把他叫到自己的房间,安德鲁说奥古斯塔斯是"给他看些东西"。他会在草坪上躺上一整天,大概在构思他的诗歌,他的样子让人想到一只正在观察鸟儿的猫,接着一想到佳句,他就会双掌"啪"地一拍,于是她的丈夫就会说,"可怜的老古斯塔斯——他是个真正的诗人。"那可是出自她丈夫的高度褒扬。

此时,八支蜡烛沿着桌子竖立,火苗刚开始摇摆了几下便挺直了,照亮了整张长餐桌,桌子中央是一盘黄色和紫色的水果。她是怎么做到的,拉姆齐夫人惊奇不已,因为罗丝布置的葡萄和梨、那枚号角形状的粉边贝壳,还有香蕉,让她想到取自海神的海底盛宴上的一支奖杯,想到垂在酒神巴克斯肩上并且被四周的豹皮和跳动着红色和金色光芒的火把映衬着的那串葡萄叶(在某幅画中)……它们就这样突然置身于光亮之中,似乎体积庞大,深不可测,就像一个世界,她想,人们可以带上手杖去爬山,可以走下山谷,而且她高兴地看到(因为它引起了他们暂时的共鸣)

奥古斯塔斯也在尽情欣赏那盘水果,他的目光深入其中,那里折一枝花,这里摘一条穗,大饱眼福之后才返回他的蜂房。那就是他注视的方式,与她的方式不同。但是共同的注视团结了他们彼此。

现在所有的蜡烛都亮了,桌子两侧的脸孔被烛光拉得更近了,形成围桌而坐的一个集体,呈现出暮色下不曾出现的光景。因为夜色已经被玻璃窗阻隔,通过玻璃窗再也看不到外边世界的真切景象,反倒荡出古怪的涟漪,以至于这儿,房间里面,似乎是秩序和干燥的土地;而那儿,房间外边,只是景物在水中起伏和消逝的倒影。

某种变化瞬间穿透他们所有人,就好像这种变化已经真实发生,他们都意识到大家是在一座岛屿的洞穴中结为集体;他们共同的目标是对抗外边那个流动的世界。拉姆齐夫人一直心神不定地等待保罗和明塔进来,觉得无法静下心来处理事情,现在她觉得自己的不安已经转变成了期待。因为现在他们应当进来了,莉莉·布里斯科则试图分析这种突如其来的兴奋是何原因,并把它与草地网球场上的那一刻相比:那时,凝固的状态突然解除,他们之间的距离是如此广阔；这时，家具、简陋的房间里的许多蜡烛、没有窗帘的窗户，以及烛光中明亮如面具的面孔，也达到了同样的效果。他们如释重负；她觉得，什么事情都会发生。他们现在应当进来了，拉姆齐夫人望着门口想，正在那时，明塔·多伊尔、保罗·雷利，还有一名手里端着一只大盘子的女仆，一起走了进来。他们太晚了；他们实在太晚了，明塔说，同时，他们走向餐桌两端各自的座位。

"我弄丢了胸针——我祖母的胸针。"明塔说，声音中带着哭腔，棕色的大眼睛有些红肿，坐在拉姆齐先生旁边时，她的目光忽而低垂，忽而抬起，那模样唤起了他的骑士精神，于是他对着她善意地开起了玩笑。

她怎么能做这样的傻瓜呢，他问，居然戴着首饰去爬礁石？

她装作害怕他的样子——他太聪明了，她在他旁边就座的第一晚，他就谈论了乔治·艾略特[①]，她实在惶恐，因

---

① 乔治·艾略特（1819—1880），英国作家，19世纪英语文学中最有影响力的小说家之一，代表作有《米德尔马契》等。

为她把《米德尔马契》的第三卷落在了火车上，完全不知道结尾发生了什么；可是后来她应对自如，让自己显得比实际上还要无知，因为他喜欢说她是个傻瓜。因而今晚，他直截了当地取笑她，她也不吃惊。此外，她知道，她一走进房间，那个奇迹就发生了：她罩上了她的金色雾气。她有时拥有这团雾气，有时没有。她从不知道它为何而来或者为何而去，也不知道自己是否被它笼罩，直到走进房间的时候，那时她可以立即从某个男人瞧着她的样子中知道。是的，今晚她拥有磅礴的雾气，从拉姆齐先生告诉她别当傻瓜的模样，她就知道了。她微笑着坐在他的旁边。

那一定已经发生了，拉姆齐夫人想，他们订婚了。有那么一会儿，她还感受到了自己从未料想会感受到的——嫉妒。因为他，她的丈夫，也感受到了——明塔的容光焕发；他喜欢这些姑娘，这些金红色头发的姑娘，她们神采飞扬，有些狂野和鲁莽，她们不会"刮掉毛发"，不会像他说的可怜的莉莉·布里斯科那样"发育不良"。她们拥有她自己都不具备的某种气质、某种光彩、某种浓艳，吸引着他，愉悦着他，让他最喜欢明塔这样的姑娘们。她们可以给他剪头发,为他编表链,或者打断他的工作,招呼他(她听到了她们的声音),"出来吧,拉姆齐先生;现在轮到我们去打败他们了。"于是他就会出去打网球。

不过她其实并不嫉妒,只是偶尔在看向镜子里的自己时,有些怨恨自己已经年老,也许,那都得怪她自己。(因要操心温室的账单及诸如此类事情。)她感谢姑娘们与他逗笑("您今天抽了多少斗烟,拉姆齐先生?"等等),让他看上去像是一个小伙子;一个对女人极具吸引力的男人,没有负担,不会被工作强度、世间的悲哀,以及他的名声或他的失败压垮,而再次成为她初见他时的模样,瘦削却殷勤;她记得他扶她下船,那时他的风度令人心悦,就像那样(她看着他,他正在调侃明塔,看上去惊人的年轻)。至于她自己——"放那儿吧。"她一边说,一边帮助那个瑞士姑娘轻轻地将一口褐色的大罐子摆在自己面前,里面是法式红酒炖牛肉——至于她自己,她喜欢她的"傻孩子"。保罗一定要坐在她的旁边。她为他留了位子。真的,她有时认为自己最喜欢"傻孩子"。他们不会拿他们的论文来烦人。那些聪明人啊,他们到底错过了多少!可以肯定的是，他们变得多么枯燥乏味。保罗坐下的时候，她想，他的身上有一种非常迷人的气质。他的礼貌态度讨了她的欢心，还有他棱角分明的尖挺鼻子和明亮的蓝眼睛。他是这么的体贴。他会告诉她——既然大家全都再次聊起天来——发生了什么吗？

"我们回去找明塔的胸针。"他一边说，一边坐在她的身边。"我们"——那就够了。他费劲地提高声调才能发出这个单词，她就知道这是他第一次说"我们"。"我们做了这个，我们做了那个。"他们一辈子都会这么说，她想。这时，玛尔特有点儿夸张地掀开盖子，那盘棕褐色的佳肴，散发出橄榄、食用油和肉汁的美妙香气。这位厨娘在这道菜上花费了三天时间。在软乎乎的肉块中翻找，拉姆齐夫人想，她一定要精心地为威廉·班克斯选一块特别软嫩的。她仔细地看向这道菜，钵壁光亮，可口的棕黄色肉块与月桂叶和葡萄酒掺杂在一起，她想，这道菜可以用来庆祝这个时刻——她生出一种庆祝节日的奇妙感觉，既异想天开又多愁善感，两种情绪似乎都在她的内心被唤起，其中有一种是深刻的——因为还有什么能比男人对女人的爱情更严肃,更令人肃然起敬,更感人至深呢?它的中间结出了死亡的种子。与此同时,这些恋人们,这些眼神放光并踏入幻觉的人,一定要戴上花环,好让取笑他们的人围着他们跳舞。

"这是一场胜利。"班克斯先生说,暂时放下他的餐刀。他已经聚精会神地品尝过了。这道菜浓郁、软嫩。真是完美的烹饪。她是怎么在穷乡僻壤搞出这些东西的?他问她。她是个令人惊奇的女人。他所有的爱意,他所有的崇敬,全都回来了;而且她知道这一点。

"这是我祖母的法国菜谱。"拉姆齐夫人说,说话时声音里荡出极大的愉悦。当然是法国菜。所谓的英国烹饪令人憎恶(他们都表示同意)。就是把卷心菜扔进水里。就是把肉烤得跟皮革一样。就是把蔬菜的可口表皮全切掉。"表皮里面,"班克斯先生说,"包含蔬菜的所有营养。"还有浪费,拉姆齐夫人说,一名英国厨师扔掉的东西都够养活一家子法国人了。威廉对她的感情又回来了,一切再次顺心如意,她的焦虑消失了,她现在可以自在地欢庆胜利和取笑别人了,受到这种感觉的鼓舞,她喜笑颜开,她比划着，连莉莉都在想，她是多么孩子气，多么滑稽可笑啊，端坐在那儿，将自身的美丽展现得淋漓尽致，却在讨论蔬菜的表皮。她身上有什么东西令人望而生畏。她让人无法抗拒。她最后总能我行我素，莉莉想。现在她已经圆满成功了——保罗和明塔大概订婚了。班克斯先生正在这里用餐。她用期盼的方式对他们所有人都施了魔咒，如此简单，如此直接。莉莉把自己灵魂的贫瘠与她的丰富多彩做了对比，揣测正是对这种奇特的、可怕的力量（因为她满面春风——看起来虽然不年轻，却光芒四射）有一定程度上的信赖，坐在她旁边的保罗·雷利才会激动颤抖，心不在焉，神情专注，沉默不语。莉莉觉得，拉姆齐夫人在谈论蔬菜表皮的时候，就是在积蓄那种力量，敬奉那种力量；她在这种力量的上方伸出双手取暖，以此保护它，但等到这种力量完全发挥出来的时候，她便莫名其妙地笑了，莉莉觉得，她已经把她的牺牲品领上了祭坛。此时，这种爱的情绪和悸动也攫住了她。她觉得在保罗旁边的自己是多么的不起眼啊！他，神采奕奕、热情洋溢；她，冷漠无情、尖酸刻薄。他，准备去冒险；她，停泊在岸边。他，蓄势待发，

轻率不羁;她,孑然一身,被人遗忘——于是,她想要分享他的灾难,如果那是一场灾难的话,所以她怯怯地问:

"明塔什么时候丢了胸针?"

他露出最微妙的笑容,那笑容以回忆为面纱,以梦幻为色泽。他摇摇头。"在海滩上。"他说。

"我会找到它的,"他说,"我明天早点起床。"这是要向明塔保密的,他压低声音,把目光转向明塔坐的那边。她正在拉姆齐先生的旁边谈笑。

莉莉想要一反常态地申明自己愿意给他帮忙的强烈渴望,设想一下,在拂晓时分的海滩上,她如何扑向那枚半掩在一块石头后面的胸针,于是她自己也可以成为水手和冒险家中的一员。可是他会如何回答她的提议?她实际上是带着自己难得流露的情感说,"我和您一起去吧。"他笑了起来。他的意思是好还是不好——还是不一定?可这还不是他的意思——他发出异样的轻笑,就好像在说,要是你愿意,自己跳下悬崖,我也无所谓。他就在她的面前表现出爱情的热烈、恐怖、残忍和肆无忌惮。那灼伤了她,而且莉莉看着明塔在桌子的另一端对拉姆齐先生千娇百媚,感到明塔已然暴露在这些毒牙下，她望之生畏，同时又欣慰不已。因为至少，一边看着桌布图案上方的盐瓶，她一边对自己说，她不需要结婚，谢天谢地；她不需要承受那种堕落。她会免遭那种消耗。她要把那棵树再往中间挪挪。

情况就是如此复杂。她的遭遇，尤其是与拉姆齐一家同住时的遭遇，让她同时强烈地感受到两种对立的东西：一个是你的感觉；另一个是我的感觉，然后它们就在她的脑海里彼此争斗，就像现在一样。这爱情如此美丽，如此令人激动，以至于我站在它的边缘颤抖，一反常态地提议要去海滩上寻找一枚胸针；它还是人类激情中最愚蠢的、最原始的，把一位侧影如美玉（保罗的侧影很精致）的大好青年变成了迈尔恩德路①上一名手持撬棍的暴徒（他狂妄自大，他粗鲁无礼）。不过她对自己说，从太古之初以来，人们就歌颂爱情，为了它，花环，还有玫瑰堆积如山；而且你问上十个人，有九个会说他们别无他求，只想要这个——爱情。然而，根据她自己的经验来看，女人们一直

---

① 英格兰干道A11路的一部分，位于伦敦东部，过去是治安较差的贫民区。

觉得，这不是我们想要的，没有比这更沉闷、更幼稚，以及更没有人情味的了；可它还是美丽迷人、必不可少。那么，那么如何？她问，莫名其妙地期待其他人继续讨论，就好像在进行类似这种讨论时，人们射出自己显然无法命中的短小弩箭，然后留待其他人继续。于是她重新开始听他们正在说什么，万一他们要阐明爱情的问题呢？

"还有，"班克斯先生说，"还有英国人称之为咖啡的那种液体。"

"哦，咖啡！"拉姆齐夫人说。可黄油不正宗和牛奶不洁净更成问题（莉莉能看出来，她开始激动万分，加强了语气）。她充满激情、滔滔不绝地讲述了英国乳品体系的罪恶，还有牛奶被送到门口时是什么样子，而且她还要证明自己的控诉，因为她已经调查过这个问题。这时，围着桌子，从中间的安德鲁开始，孩子们全都笑了起来，就像火苗从一丛荆豆跳动到另一丛；她的丈夫也笑了；她被取笑了，被烈焰包围，被迫收敛锋芒，偃旗息鼓，唯一的反击就是把一桌人的打趣和嘲笑当作例子，让班克斯先生看看，要是攻击英国公众的偏见，你会有怎样的下场。

不过，由于在她的心里，刚刚帮她应付坦斯利先生的莉莉是局外人，因此她特意对莉莉另眼相待，说"莉莉不管怎么样都会赞同我"。就这样把有点不安、有点受惊的莉莉拉进局内。（因为莉莉正在思考爱情。）他们两个都是局外人，拉姆齐夫人一直觉得，莉莉和查尔斯·坦斯利，他们俩都被那两位的光彩掩没了。显然，他觉得自己完全被冷落了，只要房间里有保罗·雷利在，就没有女人会瞧他。可怜的家伙！可他还有他的论文，论某人对某物的影响；他可以照顾自己。而莉莉就不同了，她在明塔的光彩下黯然失色，显得比平时还要不起眼：她灰色的小衣服，皱起的小脸，还有中国式的小眼睛。她什么都那么小。不过，拉姆齐夫人从两个人当中挑了莉莉求援的时候（因为莉莉应该能为她证明，她谈论奶厂还没有她丈夫谈论自己的靴子时啰唆——他可以个把钟头都在谈他的靴子）就在想，与明塔相比，莉莉四十岁的时候会更出色。莉莉的身上贯穿着什么，闪耀着什么，那是她自己独有的东西，的确让拉姆齐夫人非常喜欢，可男人们都不喜欢，她担心。他们显然不喜欢，除非是一位年长得多的男人，比如威廉·班克斯。可他感兴趣的，咳，拉姆齐夫人有时觉得，自从他的妻子去世后，他感兴趣也许是她自己。但他当然不会"陷入爱情"，那是众多说不清道不明的情感之一。哦，别胡说，她想，威廉一定得娶莉莉。他们有那么多的共同之处。莉莉那么喜欢花儿。他们俩都冷淡、孤僻，都那么自立。她必须为他们安排，让他们一同出去散步，走得远一些。

真笨，她竟然安排他们在彼此的对面就座。明天就要补救。如果天气好，他们应该去野餐。似乎一切都有可能。似乎一切都会顺利。此刻（但这种情况无法持续，她想，自己的思绪在他们全都在谈论靴子的时候游离出来），此刻她感到安心；她好像是在空中盘旋的一只老鹰，好像是在少许欢乐中飘扬的一面旗帜，那种欢乐彻底地、温柔地渗入她全身的每一根神经，无声无息，庄严肃穆。看着在那边一同用餐的他们，她想，这种欢乐来自于她的丈夫、孩子们和朋友们，这种欢乐全是从这片沉寂中升腾出来的（她正为威廉·班克斯再找一小块儿肉，她窥探陶罐的深处），似乎现在没什么特殊原因就停留在这儿，如同一团雾气，如同一阵飞烟，将大家安全地凝聚在一起。无需言语，无法言语。它就在那儿，在他们周围。她仔细地帮班克斯先生寻找一块特别软嫩的肉，觉得这种欢乐具有永恒的意味，正如她在那天下午之前曾经产生过的异样感觉，事物之中有一种一致性，一种稳定性；她的意思是，有的东西是不会变的，面对流动的、飞逝的、幻觉般的世界，它会像红宝石一样光华四射（她瞥了一眼窗户上反光的涟漪），所以今晚她再次感受到自己白天一度感受到的安宁和放松。她想，正是这样的时刻，构成了永恒的事物。

"是啊，"她向威廉·班克斯保证，"每人都能分不少。"

"安德鲁，"她说，"把你的盘子放低些，要不然我会把汤洒到外边去。"（法式红酒炖牛肉是一次完美的胜利。）这儿，放下勺子，她觉得，这儿是人们可以活动或休息的地方；现在她可以等着听他们说（他们的菜都添好了）；然后她可以像从高空巢穴中突然俯冲下来的一只老鹰，在轻松的笑声中卖弄地降落，将全部分量放在餐桌的另一端，而她的丈夫正在那儿说什么一千二百五十三的平方根。那似乎就是他怀表上的数字。

那都是什么意思？至今她也毫无头绪。平方根？那是什么?她的儿子们知道。她倾身靠向他们,靠向立方根和平方根,那就是他们现在正讨论的;靠向伏尔泰和斯达尔夫人①;靠向拿破仑的性格;靠向法国的土地所有制;靠向罗斯伯里勋爵②;靠向克里维的回忆录③。她让由男性的智慧织就的令人赞赏的布匹托起自己,支撑自己,这种智慧上下跳动,穿梭来回,如同铁桁,贯穿摇晃的布匹,撑起整个世界,所以她可以完全把自己托付于它,她甚至可以闭上眼睛,或者可以目光闪动片刻,就像一个躺在枕头上仰望的孩子,对着树上层层叠叠的树叶眨眨眼睛。然后她清醒过来。那匹布还在织。威廉·班克斯正在称赞威弗利小说④。

每半年他都会读上一本,他说。可那为什么会触怒查尔斯·坦斯利呢?他横插进来(拉姆齐夫人认为都是因

---

① 斯达尔夫人(1766—1817),法国浪漫主义文学运动的先驱。
② 即罗斯伯里伯爵五世,英国自由党政治家,曾任英国首相。
③ 托马斯·克里维(1768—1838),英国政治家,因1903年出版的文集而闻名。
④ 19世纪英国著名小说家沃尔特·司各特创作的小说总称。后文的沃尔特爵士即沃尔特·司各特。

为普吕不会亲切待他）抨击威弗利小说，而他对此一无所知，完全一无所知，拉姆齐夫人认为，她在观察他的样子，而不是在听他说什么。从他的态度，她就能看出是怎么回事——他想要表现自己，所以他始终如此，直到当上教授或者娶了妻子，到那时他就用不着老是说"我——我——我。"因为他批评可怜的沃尔特爵士，或者也许是简·奥斯汀，不就是这么一回事吗？"我——我——我。"他一直在考虑自己和自己给人留下的印象，因为她能从他的声音、他强调的语气和他局促的模样中看出来。成功对他有好处。无论如何，他们又开始谈论了。这会儿她无须倾听。这种情况不会持续下去的，她知道，但此时此刻她的目光如此敏锐，甚至似乎毫不费力就能环顾餐桌，揭开每个人的面纱，还有他们的想法和他们的感觉，就像一道光潜入水下，水面的涟漪、水中的芦苇、保持平衡的小鱼，以及突然安静下来的鳟鱼，全都在它的照耀下悬浮、颤抖。如此，她看见了他们，她听到了他们，不过无论他们说的是什么，都具有一种性质，就好像一条鳟鱼的游动。与此同时，人们可以看见涟漪和沙砾，右边的东西，左边的东西；它们全部构成一个整体。在状态积极的生活中,她会下网捕捞,并将这些东西分别放置;她会说自己喜欢威弗利小说或者从不读它们;她会鼓励自己前进;而现在她什么都不说。这会儿,她处于悬而未决的静止状态。

"啊,可您觉得那会流行多长时间?"有人说。她的触角仿佛从身体中颤悠悠地伸出来了,拦截住某些句子,强迫她自己注意。这就是其中的一句。她嗅到了她的丈夫正面临危险。这样的问题会导致,几乎肯定会导致有人说出些让他联想到自身失败的话。他的书还能被人读多长时间——他马上就会这么想。威廉·班克斯(他完全没有这样的虚荣心)笑了,说他自己不重视风尚的变化。谁知道什么会一直流行啊——文学方面,甚或是其他所有方面?

"我们就欣赏我们真正欣赏的吧。"他说。对拉姆齐夫人来说,他的耿直似乎相当值得敬佩。他似乎从不会花上片刻去想,这对自己有何影响。可如果你是另一副性情,必须得到表扬和鼓励的性情,你就会自然而然地开始不自在(而且她知道拉姆齐先生已经开始不自在了);你想要别人说,哦,可您的作品会流传下去的,拉姆齐先生,或者类似这些话。此时他就有些恼怒地说，无论如何，他这辈子都会欣赏司各特（或者是莎士比亚？），让自己的不自在流露得显而易见。他说话时很生气。她认为，每个人都会感到有些不舒服却不知道为什么。接着直觉敏锐的明塔·多伊尔滑稽憨直地说，她不信有人真喜欢读莎士比亚。拉姆齐先生沉着脸说（但他的心情已经再次转变）很少有人像自己说的那样喜欢。可是，他补充，尽管如此，他的有些戏剧相当有价值，于是拉姆齐夫人明白情况至少暂时无虞；他会笑话明塔，而明塔呢，拉姆齐夫人发现，当意识到他对自身极度忧心，明塔会用自己的方式注意关照他，想方设法地赞扬他。但她希望那没必要，也许是因为她的过错才有了必要。不管怎么说,她现在可以自在地听保罗·雷利尽力讲述自己在童年读过的书了。它们都会流传，他说。他在学校读过几本托尔斯泰。有一本他一直记得，可他已经忘记了名字。俄文名字简直记不住，拉姆齐夫人说。"渥伦斯基。"保罗说。他还记得是因为他一直觉得那真是个适合反派的名字。"渥伦斯基。"拉姆齐夫人说，"哎呀，《安娜·卡列尼娜》。"但那并没把他们的话题扯得太远；

书籍可不是他们的专长。不,关于书籍,查尔斯·坦斯利可以立即纠正他们俩的错误,可他的话语中总是流露出太多:我说得对吗?我给人留下好印象了吗?以至于,到最后,人们对他的了解还要多过托尔斯泰;相反,保罗只会就事论事,不涉及他自己,也不涉及其他。与所有迟钝的人一样,他也有一种谦虚的态度,会体谅你们的感受,这一点至少有时会让她觉得吸引人。如今他就在想,不是关于自己,或者关于托尔斯泰,而是她是不是觉得冷,她是不是觉得有一阵风,她是不是想吃梨。

不,她说,她不想吃梨。她其实一直在(下意识)警惕地守卫那盘水果,希望没人去碰它。她的视线一直出没于那盘水果的弧线和阴影之间,出没于低地葡萄浓郁的紫色之间,然后越过那枚贝壳号角状的隆脊,用黄色对比紫色,用弧形对比圆形,她不知道为什么要这么做,或者为什么每次这么做,她都会觉得越来越平静;直到,哦,他们这么做多可惜啊——一只手伸了过去,拿起一只梨,破坏了整个画面。她惋惜地看向罗丝。她看见罗丝坐在贾斯珀和普吕中间。自己的孩子竟然能做出那个来,多么不可思议啊!

看到他们在那边坐成一排,她的孩子们,贾斯珀、罗丝、普吕、安德鲁,多么不可思议,他们几乎没什么动静,但从他们嘴唇的翕动来看,她猜想,他们在交流某个属于他们自己的笑话。那是跟其他一切都无关的事情,是他们将要凑在自己的房间里笑着谈论的事情。她希望那跟他们的父亲没什么关系。不,她想不会。那是什么,她想知道,她很是伤心,因为看得出来,他们要等到她不在场的时候才会笑出声来。一切都隐藏在那些相当呆板、平静、面具一样的脸孔后面,因为他们不会轻易地加入谈话;他们就像旁观者、考察者,有些居高临下,跟成年人保持距离。可是今晚望向普吕的时候,她发现如今这一点不适用于她了。她正在出发,正在行动,正在降落。她的脸上出现了微弱的光,仿佛对面明塔的光彩、某种兴奋、某种快乐的期冀,映照在她的身上,好像男女情爱的旭日从桌布的边缘升起,她还不知道那是什么,就向它欠身致敬。她一直害羞却好奇地看着明塔,所以拉姆齐夫人来回看了她俩后,在心里对普吕说,总有一天,你会和她一样幸福。你会更幸福,她补充道,因为你是我的女儿;她的意思是,她自己的女儿一定会比别人的女儿更幸福。然而晚餐结束了，是时候离开了。他们只是在摆弄着自己盘子里的东西。她要等一等，等到他们对她丈夫正在讲的某个故事发出笑声。他正在给明塔讲一个关于打赌的笑话。之后，她就可以起身了。

她喜欢查尔斯·坦斯利，她突如其来地觉得；她喜欢他的笑声。她喜欢他对保罗和明塔这么生气。她喜欢他的笨拙。那个小伙子身上毕竟还有不少可取之处。而莉莉呢，一边将餐巾放在盘子旁边，拉姆齐夫人一边想，她总能讲出自己的笑话。人们从不需要为莉莉操心。她在等待。她将餐巾叠在盘子边缘的下方。嗯，他们现在结束了吗？没有。那个故事又引发了另一个故事。她的丈夫今晚神采奕奕，而且她猜想，经过喝汤那一幕后，他希望与老奥古斯塔斯和好，所以将他拉进了谈话——他们正在谈他俩在大学都认识的某人的故事。她看向窗户，由于窗格漆黑，上面的烛光显得更加明亮，望向外边时，声音传到她的耳边，非常奇异，好像是教堂礼拜仪式上的声音，因为她并没有在听那些话语。突然一阵笑声爆发，接着一个声音（明塔的）

单独响起,让她想到男人们和男孩们在某座罗马天主教教堂的仪式上用拉丁语大声的诵读。她在等待。她的丈夫说话了。他在背诵什么,听那韵律和他欢喜的声调,以及声音中的忧郁,她知道那是一首诗:

> 出来登上花园小径,卢莉安娜·卢莉莉。
> 月季都开了,黄色的蜜蜂嗡嗡叫。[1]

诗句响起(她正看向窗户),那些诗句仿佛花儿一般漂浮在外边的水面上,与他们所有人断绝了联系,好像并没有人说起过它们,而是它们自己凭空出现的。

> 我们所有的前生和所有的后世
> 满是树木和荣枯更替的树叶。

她不明白这些诗句的意思,然而,这些诗句如同音乐,

---

[1] 出自诗歌《卢莉安娜·卢莉莉》,作者查尔斯·艾萨克·埃尔顿(1839—1900),英国律师、收藏家、政治家。

似乎是由她自己的声音吟诵出来,在她的自我之外,十分流畅自然地诉说她整晚说着不同话语时的内心声音。不必环顾四周,她就知道,桌边的每个人都在倾听这个声音:

> 我想知道你是否有意,卢莉安娜·卢莉莉

他们怀着与她同样的慰藉和快乐,就好像这是他们自然而然要说的,就好像他们终于用了自己的声音在说话。

可是声音停止了。她四下张望。她站起身来。奥古斯塔斯·卡迈克尔已经站起来了,手里拿着他的餐巾,看起来好像一件白色长袍,他站着吟诵:

> 眼见国王们策马经过
> 穿越草地和雏菊田野
> 带着棕枫叶和雪松枝
> 卢莉安娜·卢莉莉

她经过他的身边时,他向她微微转身,背诵出最后一句:

卢莉安娜·卢莉莉

并向她鞠躬,好像是在向她致敬。不知道为什么,她觉得他比以往更喜欢她一些;怀着慰藉和感激之情,她躬身回礼,从他为她打开的房门走了出去。

现在有必要让一切更进一步了。脚踩在门口时,她多等待了片刻,甚至就在她的注视下,一幅景象渐渐消失,然后就在她走过去挽起明塔的胳膊并离开房间的时候,那幅景象改变了,自行呈现出不同的样貌;她转过头去看了最后一眼,她知道,那景象已经成为过去。

18

跟往常一样,莉莉想。总有些事情恰在这时要做,拉姆齐夫人出于个人原因决定立即去做的事情。正如现在,大家闲站着讲讲笑话,拿不定主意是进吸烟室,进客厅,还是上阁楼。接着只见挽着明塔的胳膊站在这片嘈杂声中间的拉姆齐夫人突然想起,"是啊,这会儿该到那件事的时候了。"于是马上摆出一副神秘的模样离开,独自去做什么了。她一走,一个分崩离析的过程就开始了。他们犹犹豫豫地各奔东西,班克斯先生抓着查尔斯·坦斯利的胳膊离开,到露台上为他们从晚餐时开始的政治讨论做个了结,于是整个夜晚的平衡发生了变化,重心落向不同的方向。看着他们走开,听着关于工党政策的一言半语,莉莉想,就好像他们已经登上舰桥,判明了自己的方位;从诗歌到政治的变化给她留下的印象就是如此。就这样,班克斯先生和查尔斯·坦斯利离开了,其他人还站在那儿目送拉姆齐夫人在灯光中独自走上楼。莉莉疑惑,她这么急匆匆地,是要去哪儿?

实际上她并没有匆匆忙忙或者加快脚步,实际上她走得相当慢。经过那一切喋喋不休之后,她觉得很想静静地伫立片刻,挑出一件特别的事情;对那件要紧的事情,拆开它,分解它;清除掉它上面的所有情绪和琐碎,将它举在自己面前,将它带上隐秘的内心法庭,那里坐着她为解决这些事情而任命的法官。是好是坏,是对是错?我们都要往哪儿去？等等。所以她在震惊于那件事之后恢复了常态，不知不觉又十分突兀地利用外边的榆树树枝帮自己稳住心态。她的世界正在发生变化，而那些树枝静止不动。这件事让她产生一种动荡的感觉。一切必须井然有序。她必须让一切回到正轨，她想，下意识地对那棵树静止不动的威严表示认同，对榆树树枝此刻被风托起时的高昂挺拔（就像波涛中昂起的船首）表示认同。起风了（她站立片刻，向外看去）。起风了，树叶不时地拂动，露出一点星光，星星本身似乎也在摇晃和投射光亮，想要从树叶边缘闪露出来。是的，那么此事就成了，完成了；而且随着一切完成，它就变得庄重起来。现在她想起它，撇开闲谈和情绪，它似乎一向如此，只是现在被展示了出来，就这样被展示出来，突然使一切归于稳定。她想，他们还会继续生活下去，可无论他们活多久，都会回到这个夜晚、这轮明月、这阵风、这幢房子，也会回到她的身边。想到无论他们活多久，她都会牵缠萦绕于他们的内心，那就让她感到荣幸，她最吃的就是这一套；还有这个，还有这个，还有这个，她想，一边走上楼，一边温柔地冲着楼梯平台上的（她母亲的）

沙发笑着,冲着(她父亲的)摇椅笑着,冲着赫布里底的地图笑着。在保罗和明塔的生命中,这一切都会重演;"雷利夫妇"——她试了试那个新叫法。手摸到育儿室的门时,她觉得,与他人出自激情的情感相通就好似隔开彼此的墙壁已经变得如此之薄(这种感情是一种慰藉和幸福),以至于实际上一切都汇成一股洪流,椅子、桌子、地图,是她的,也是他们的,无所谓是谁的,在她死去之后,保罗和明塔都会将这一切延续下去。

她沉稳地转动门把手,唯恐它发出吱嘎的声响,然后走进去,微微地撅起嘴唇,似乎在提醒自己不能大声说话。可刚走进去,她就气恼地发现根本没必要小心。孩子们没睡着。真叫人恼火。米尔德丽德应该更用心一些。詹姆斯非常清醒,卡姆直挺挺地坐着,而米尔德丽德光着脚还没上床,将近十一点了,他们还全都在说话。怎么回事?又是那个可怕的头骨。她跟米尔德丽德说过把它拿走,可米尔德丽德显然已经忘记了,现在卡姆完全醒着,詹姆斯完全醒着,正在争吵,他们本该在几个小时前就睡着。爱德华着了什么魔,给他们寄来这个可怕的头骨?她真是太傻了,竟然让他们把它钉在这儿。它被钉得很结实,米尔德丽德说,房间里有这个,卡姆就睡不着觉,要是她一碰它,詹姆斯就会发出尖叫。

那么卡姆该睡觉了(卡姆说它长着巨大的角)——该睡觉了,睡着了能梦见美丽的宫殿,拉姆齐夫人说,在她身旁的床边坐下。她能看见那些角,卡姆说,满屋子都是。的确如此。不管他们把灯放在哪儿(詹姆斯没有灯睡不着),总会有一个地方映出头骨的影子。

"可是想想看,卡姆,那只是一头年老的猪,"拉姆齐夫人说,"一头漂亮的黑猪,跟农场里那些猪一样。"可卡姆觉得那是一件可怕的东西,会分身在房间各处,对着她。

"那么,"拉姆齐夫人说,"我们把它盖起来。"于是他们看着她走向抽屉柜,飞快地打开一个接一个的小抽屉,却没找到可用的东西,她便迅速摘下自己的披巾,裹住那个头骨,一圈一圈又一圈,接着她回到卡姆身边,脑袋几乎贴在卡姆脑袋旁边的枕头上。她说,现在它看起来多漂亮;仙女们会多么喜爱它;它就像一只鸟巢;它就像她曾经在国外见过的一座漂亮的山峦,里面有山谷和花儿,还有叮叮当当的铃铛,还有唱歌的鸟儿,还有小山羊和小羚羊,还有……她能感觉到,这些话语被她有节奏地说出之后就在卡姆的脑海里回响,卡姆跟着她重复,它多么像是一座山、一只鸟巢、一座花园,里面有小羚羊,她的眼睛睁开又合上。拉姆齐夫人继续说着,更加单调,更加有节奏,更加荒谬,她说,卡姆一定要闭上眼睛睡觉,就会梦到山峦和山谷,还有流星、鹦鹉、羚羊、花园,还有所有美丽的东西,她一边慢慢地抬起头来,一边越来越机械地念叨,等到她坐直身子,发现卡姆睡着了。

现在,她走到儿子的床边低声说,詹姆斯也必须睡觉了,她说,看呀,野猪的头骨还在那儿,他们不会碰它,他们做了他想做的;它完好无损地在那儿。他确信,头骨就在披巾下面。但他还想问她一件事。他们明天去灯塔吗?

不,明天不去,她说,不过很快就能去,她答应他,下一个晴天就去。他很听话。他躺下了。她给他盖上被子。但他永远不会忘记这件事,她知道,因此她生查尔斯·坦斯利的气,生她丈夫的气,还生她自己的气,因为她燃起了小儿子的希望。后来,摸索着寻找披巾时,她才想起自己已经把它裹在了野猪的头骨上,她站起来,将窗户拉下一两英寸,听到风声,吸了一口清凉得没有温度的夜晚空气,对米尔德丽德喃喃道声晚安,便离开了房间,让门上的锁舌慢慢地滑进锁内后,她走了出去。

她希望查尔斯·坦斯利不会把书砰的一声碰到他们头顶的地板上,她还在想着他是多么的讨厌。因为他们两个全都睡不好,他们是容易兴奋的孩子,而且自从他说了关于灯塔的那种话之后,她觉得,在他们刚要睡着的时候,他很可能会手肘笨拙地扫过桌子,把上面的一摞书打翻。她猜想他已经上楼工作了。不过他看起来那么孤单;不过他走了,她才觉得释然;不过她明天会设法让他受到更好的对待;不过他钦佩她的丈夫;不过他的礼貌无疑需要改进;不过她喜欢他的笑——下楼的时候,想到这里,她注意到现在甚至可以从楼梯的窗户看到月亮——那轮黄色的秋月——她转过身去,于是他们看见她正站在他们上方的楼梯上。

"那是我的妈妈。"普吕想。是的,明塔应该看看她,保罗·雷利应该看看她。那就是存在本身,她觉得,仿佛世界上只有一个那样的人——她的母亲。片刻之前,与其他人谈话之际,她已经长大成人,此时她又变成了一个孩子,他们所做的只是一场游戏,她的母亲是会鼓励他们的游戏,还是会责备它呢?她想知道。想到这是一个让明塔、保罗还有莉莉看到母亲的大好机会,她感到自己拥有这样的母亲是无比的幸运,她多么希望永远不要长大,永远不要离开家,于是她像个孩子似的说,"我们想到下面的海滩上看看海浪。"

顷刻之间,毫无缘由,拉姆齐夫人像是变成二十岁的姑娘,满心喜悦。一种狂欢的心境突然占据了她。他们当然要去,他们当然要去,她叫道,笑道;飞奔下最后三四级台阶,她开始看看这个又转身看看那个,笑着为明塔围好围巾。她说她只希望她自己也能去,他们现在出去会不会太晚,有谁带表了?

"对,保罗有表。"明塔说。保罗从一只软皮小套子里抖出一块漂亮的金表给她看。把金表放在掌心伸到她面前的时候,他觉得,"她什么都知道了,我什么都不用说。"

给她看表的时候,他对她说,"我办成了,拉姆齐夫人。全是托您的福。"看到躺在他手里的那块金表,拉姆齐夫人觉得,明塔真是无比幸运!她要嫁给一个有一块金表放在软皮套子里的男人!

"我多希望能跟你们一起去啊!"她叫道。但她被某种强大的力量抑制住了,以至于她甚至从未想过问问自己那种力量是什么。她当然不可能跟他们一起去。可是要不是有另外一件事情的话,她还真的想去。她被自己荒唐的想法(嫁给一个有一只软皮表套的男人是多么幸运)逗笑了,唇边挂着微笑,她走进另一个房间,她的丈夫坐在那儿,正在读书。

19

当然,她走进房间时对自己说,她不得不来这儿取她想要的东西。首先,她想要在一盏特定的灯下的一把特定的椅子上坐下来。可她想要的更多,虽然她不知道,也想不出自己想要的是什么。她看向她的丈夫(她拿起她的袜子开始织起来),发现他不想被打扰——那很明显。他正在读什么非常打动他的内容。他似笑非笑,于是她知道他正在控制自己的情绪。他在翻动书页。他正在扮演——也许他想象自己就是书中的某个人物。她想知道那是一本什么书。哦,她看到那是一本老沃尔特爵士的书,她调整了一下她的灯罩,好让光线落在她的针织活儿上。因为查尔斯·坦斯利一直在说(她抬头仰望,似乎预料到会听见书掉在楼上地板时的响动),一直在说人们不会再读司各特了。于是她的丈夫会想,"那就是他们以后对我的说法。"所以他就过来,拿起了一本司各特的书。如果他对查尔斯·坦斯利说的话得出的结论是"没错",他就会接受关于司各特的这个说法。(她看得出,他阅读时就在权衡、思考、比较)。可那跟他自己没有关系。他总是为自己感到惴惴不安。那让她烦心不已。他总是担心自己的著作——会有人读它们吗,它们好不好,它们为什么不能更好些呢,人们对我的看法如何?她不愿想到他如此不安,不知道他们是否已经猜出晚餐中他们讨论名气和著作的流传时他为何突然暴躁起来,不知道孩子们是否就在笑话这事儿。她把袜子扯出来，她唇边和额际如同钢刀刻下的所有精美线条都显露了出来，她渐渐平静下来，如同一棵刚刚还在摇摆和颤抖的树，此时风小了，停下了，树叶一片接一片地归于平静。

什么都没关系，她想。一个伟大的人，一本伟大的书，名气——谁能说得准呢？她对此一无所知。但那就是他的风格，他的率真——比如，晚餐时，她一直凭本能琢磨，要是他说话多好啊！她完全信任他。她不再考虑所有这些，就像潜入水中的人，看到这儿一丛水草，这儿一根稻草，这儿一个气泡，当她潜得越深，她再次感受到其他人在餐厅谈论时自己曾经感受到的：我想要什么东西——我得来取什么东西。她闭上眼睛，觉得自己越潜越深，却不知道她要的到底是什么。她稍等了片刻，一边织毛线，一边纳闷，慢慢地，他们在晚餐时说的那些话浮现出来，"月季都开了，黄色的蜜蜂嗡嗡叫"，那些话开始有节奏地在她的脑海中从一边冲刷到另一边，随着它们的冲刷，字字句句就像有灯罩的小灯，一盏红、一盏蓝、一盏黄，在她黑暗的脑海中点亮，似乎离开了它们栖息于上的灯杆，飞过来，飞过去，或者大声呼喊,荡起回声;于是她转过身子,在旁边的桌子上摸索到一本书。

> 我们所有的前生
> 和所有的后世
> 满是树木和荣枯更替的树叶。

她喃喃念道,将毛衣针插进袜子里面。她翻开那本书,开始东一句西一句地随意翻看,翻看的时候,她觉得自己正在攀登,时而退后,时而上行,她的头上有花瓣斜垂下来,她从花瓣下面拓开一条向上的路,她只知道这片花瓣是白色的,或者这片花瓣是红色的。一开始她根本不明白这些句子的意思。

> 掌稳船舵,掌稳你们的松木船舵,飞驰到这儿
> 所有筋疲力尽的水手们[①]

---

① 出自《塞壬之歌》,作者威廉·布朗(约1590—约1645),英国田园诗人。

她阅读并翻动书页,摇晃身体,忽左忽右地前进,从一行跳到另一行,就像从一根树枝跳上另一根,从一朵红白双色的花转向另一朵,直到一个微小的声音将她唤醒——她的丈夫正在拍自己的大腿。他们一瞬间四目相对,但他们并不想对彼此说话。他们没什么可说,可即便如此,某种东西似乎还是从他那儿传递给了她。她知道,正是那本书的生命力,正是它的力量,正是惊人的幽默,让他拍起腿来。别打扰我,他似乎在说,什么都别说,就坐那儿别动。他接着读下去。他的双唇翕动。它使他充实。它使他坚强。傍晚所有的小小摩擦和刺痛,他枯坐面对人们没完没了的吃喝时那种无法言表的烦闷,他对自己妻子的那种暴躁易怒,对他们那时忽略了他的书就好像它们根本不存在一样的耿耿于怀,这些都被他忘得一干二净。然而现在,他觉得,谁到达 Z 根本不重要了(如果思想的进程像是从字母 A 到 Z 的话)。会有人到达那儿——如果不是他,还会有别人。司各特这个男人的力量和清醒,他对直截了当的朴素事物的感情,这些渔民,马克尔巴基特村舍里那个又老又穷的疯子①,让他觉得如此精神振奋,如此如释重负,以至于欢欣鼓舞,忍不住热泪盈眶。稍稍抬起书,挡住自己的脸庞,他放任泪水落下,晃一晃脑袋,进入浑然忘我的状态(只剩下一两个想法,关于道德寓意、法国小说和英国小说,以及司各特虽然被缚住了双手,但他的观点也许与其他观点一样真实),他沉浸在斯蒂尼溺水的可怜和马克尔巴基特的悲伤(那是司各特写得最精彩的地方),以及这本书带给他惊人的愉快和充满活力的感觉之中,他忘记了自己的烦恼和失败。

好吧,让他们去超越这本书吧,读完这章的时候,他想。他觉得自己一直在与什么人争论,而且已经占了上风。他们无法超越这本书,不管他们说什么;于是他自己的地位变得更稳固了。对那些恋人的描写是废话,他想,在头脑里再次将那一切集中想了一遍。那是废话败笔,书倒是第一流的杰作,他揣摩这本书,把其中的一部分与另一部分

---

① 司各特小说《古董家》中的人物,溺水身亡的渔民斯蒂尼·马克尔巴基特的父亲老马克尔巴基特。

进行对比。可是他必须再读一遍。他不记得故事的完整框架。他只能暂时不作评判。于是他转而生出另外一个想法——如果年轻人不喜欢这本书,他们自然也不会喜欢他。人不应该抱怨,拉姆齐先生心想,竭力压抑自己要向妻子抱怨年轻人不赞赏他的欲望。他下定决心,他再也不会烦扰她了。此时他看向正在读书的她。她看上去非常恬静,正在读书。想到所有人都离开了,只剩下他和她,他觉得很高兴。生活的全部内容并不在于与一个女人同床共枕,他想,思绪又回到司各特和巴尔扎克,回到英国小说和法国小说。

拉姆齐夫人抬起头,仿佛浅睡的人,似乎在说他是否想让她醒过来,她可以,她真的可以醒过来,否则的话,她还要继续睡下去,再睡一会儿。再睡一会儿?她正在攀爬那些树枝,忽左忽右,伸手摸到一朵花,接着又是另外一朵。

*也不赞叹红玫瑰的色艳香奇。*①

---

① 出自莎士比亚的《十四行诗第98首》,辜正坤译,1998年;下文亦同。

她读道,这样的阅读让她觉得自己正在攀升,到达山顶,到达巅峰。多么令人满足!多么安宁闲适!这一天的所有琐碎是非都被吸附在这块磁铁上。她感到心灵被清扫干净。于是,突然之间,它整个地出现在那儿;她把它握在手中,它美丽而理智,清晰而完整,就在这儿——这首十四行诗。

不过她渐渐意识到丈夫正在看她。他对她探询地微笑,就好像在温柔地取笑她在大白天就睡着了一样,可与此同时他也在想,继续读吧。你现在看上去不那么难过了,他想。而且他想知道她在读什么,他夸大了她的无知、她的天真,因为他喜欢把她想得不聪明,完全没学问。他想知道她是否理解自己正在读的。或许不理解,他思忖。她的美丽令人惊为天人。在他看来,她的美貌,如果有可能,还在增长。

于是我仍身处隆冬,只因你身在异地,
我与这众花嬉玩,若寄情于你的影子。

她读完了。

"嗯?"她说,从书上抬起头,神情恍惚地回应他的微笑。

> 我与这众花嬉玩,若寄情于你的影子。

她喃喃低吟,把书放回桌上。

都发生什么了,她一边拿起针织活儿一边疑惑,从她看见他独自一人坐在这儿开始?她记起了穿衣打扮,望见月亮;安德鲁晚餐时把盘子举得太高了;威廉说的什么让人沮丧;树上的鸟儿;楼梯平台上的沙发;醒着的孩子们;查尔斯·坦斯利把他的书掉下来惊醒他们——哦,不,那是她臆想的;保罗有一只软皮表套。她应该告诉他什么?

"他们订婚了,"她说,手上开始编织,"保罗和明塔。"

"我猜到了。"他说。关于这件事没太多可说的。她的心绪仍然随着那首诗歌起起伏伏;他仍然觉得精神振奋,胸怀坦荡,在读了有关斯蒂尼的葬礼之后。因此他们默默地坐着。随后她开始意识到自己想让他说些什么。

说什么,说什么,她一边织毛线一边想。说什么都行。

"嫁给一个有软皮表套的男人多好啊。"她说,因为这是他们会一同说的那类笑话。

他哼了一声。他对这场订婚的感觉跟他对所有订婚的一贯感觉一样:那个小伙子可配不上那个姑娘。慢慢地,她的头脑中闯入一个想法,那么人们为什么想要别人结婚呢?这件事的价值和意义何在?(他们现在说的每个字都是真挚的。)就说些什么吧,她想,只希望听到他的声音。因为她觉得,那片阴影,笼罩他们的那片阴影再次向她围拢过来。说什么都行,她恳求地看着他,似乎在求救。

他沉默不语,来回晃动着表链上的指南针,正琢磨司各特和巴尔扎克的小说。不过因为他们正在不自觉地靠拢,肩并肩,挨得非常近,透过他们亲密关系的这道朦胧的墙壁,她能感觉到他的思想就像一只抬起的手,在她的思想上投下影子;由于她的想法发生了令他不喜的转变——倾向于他所谓的这种"悲观主义"——他开始烦躁不安,虽然他什么都没说,只是抬手伸向额头,捻着一缕头发,再任其落下。

"你今晚织不完那袜子。"他说,指指她的袜子。那就是她想要的——他那责备她的刺耳声音。如果他说悲观主义是错误的,那或许就是错误的,她想;那场婚姻会被证明是不错的。

"对,"她说,在膝上抻平袜子,"我织不完。"

然后呢?因为她发觉他还在看着她,可他的目光变了。他想要什么——想要她一直觉得很难给他的某样东西;想要她告诉他,她爱他。不,她做不到。他觉得说这句话容易得很,她则不然。他能说出一些话——她永远做不到。所以,自然而然地,说这些话的总是他,接着出于某种原因,他突然计较起来,并且责备她。他称她是无情的女人;她从不对他说,她爱他。可是,不是那样——不是那样。只是她从来不会表达自己的感情。他的外套上没有面包屑吗?她没什么能为他做的吗?她起身站在窗边,手里拿着红棕色的袜子,半是为了避开他,半是因为她想起来夜晚的大海是多么美丽。可她知道,她转身的时候,他也转过头来;他正在注视她。她知道他正在想,你比任何时候都美丽。于是她也觉得自己非常美丽。你就不能跟我说你爱我?一次也好。他正在想那个,因为他被激起了情绪,由于明塔和他的书,由于一天就快结束了,由于他们争论了到灯塔去的事情。可她做不到,她说不出口。随后,知道他正在注视她,她什么也没说,转过身来,拿着袜子,看着他。看他的时候,她笑了起来,因为尽管她一言不发,他也知道,他当然知道,知道她爱他。他无法否认这一点。于是她笑着眺望窗外,说道(她心中自语,世上没什么可以媲美这种幸福)——

"对,你是对的。明天会下雨。你们去不了了。"她微笑着看着他。因为她又赢了。她没说那句话,但他知道。

岁月流逝

1

"好吧,看来只有等时间告诉我们答案了。"班克斯先生从露台上走进屋里,说道。

"太黑了,什么都看不清。"安德鲁说着,从海滩上走过来。

"大海和陆地的边界都分不清。"普吕说。

"要让那盏灯亮着吗?"他们走进屋里脱去外套的时候,莉莉说。

"不,"普吕说道,"要是大家都进来了,就关掉吧。"

"安德鲁,"她回头唤道,"把客厅的灯关了吧。"

屋里的灯一一熄灭,只剩下卡迈克尔先生的房间还亮着,他喜欢躺在床上读一会儿维吉尔的诗,他的蜡烛亮的时间要比别人的长得多。

2

随着灯光全部熄灭，月亮西沉，薄雨轻敲屋顶，浓得化不开的黑暗如洪水般席卷而来。天地万物仿佛都难逃这股黑暗的洪流，它悄悄钻进锁孔和缝隙，偷偷爬过百叶窗，蔓延到卧室，吞没了这里的水壶和脸盆，吞没了那里的红色和黄色的大丽花，还有衣柜轮廓分明的边缘和结实的形体。被隐没的不止家具，身心也被吞噬得几乎殆尽，让人无从凭借并辨别，"这是他"或"这是她"。偶尔有一只手抬起，仿佛要抓住什么或者挡开什么，偶尔有人呻吟，或者偶尔有人大笑，仿佛在和虚无分享一个玩笑。

客厅内、餐厅里和楼梯上，一切寂然无声，纹丝不动。只有从阵阵海风的躯体里游离出来的些许空气，穿透生锈的铰链和被海水潮气浸润发胀的木制品（这幢房子毕竟已然颓败），溜过墙角旮旯，闯进了房间。你几乎可以想见：它们溜进客厅，带着好奇四处徘徊，玩弄呼扇得快要剥落的墙纸，问问它还要在那儿晃荡多久？它何时剥落？接着它们轻拂墙面，同时若有所思，仿佛在询问墙纸上那些红色的、黄色的玫瑰，它们是否会凋谢，并且柔声慢语地询问（因为它们有的是时间消磨）废纸篓里被撕碎的信、屋里摆放的鲜花和书籍，这一切此刻都以敞开的姿态毫无保留地呈现在它们的面前，并且在问，它们是朋友吗？它们是敌人吗？它们还能存在多久？

  偶有几丝光线从那颗未被云朵遮蔽的星星、那条漂泊的船只，甚或那座灯塔投射过来，在楼梯和垫子上留下它苍白的脚步，指引着微弱的气流拾级而上，在卧室门口窥探、张望。但它们必须在此止步了。任万物凋零、消失殆尽，这里的一切却恒久留存。人们可以告诉那些游移的光线，那些在床的上方俯身细嗅、摸索的空气，这里你们触不可及，无法摧毁。它们仿若有着羽毛一般轻枭的手指和翎毛一般轻柔的韧性，听到这些话，神情慵懒地如幽灵一般再一次望向那闭着的双眼和那放松蜷缩的手指，然后倦怠地卷起它们的衣衫消失了。它们就这样嗅探着，磨蹭着，来到楼梯平台的窗口，来到仆人的卧室，来到阁楼上的小屋;它们飘然而下,镀白了餐桌上的苹果,抚弄过玫瑰花瓣,试了试画架上的画作,扫过脚垫,把少许沙粒扬起吹在地板上。最后,它们断了念想,一起停止行动,聚集起来,共同发出一声叹息;那一声漫无目的的悲叹,使厨房的一扇门作了回应,它忽地打开,什么也没放进去,又砰地关上。

[这时,一直在读维吉尔的卡迈克尔先生吹灭了他的蜡烛。已是午夜时分。]

3

可一个夜晚究竟算得了什么呢?只是时间长河里的沧海一粟。黑暗消散得如此之快,鸟儿歌唱,公鸡啼鸣,也来得如此之快。波涛的低谷里很快显出那一抹淡绿,像一片正在变绿的树叶。然而黑夜一个接一个,循环不息。冬季储存了大量的黑夜,用不知疲倦的手指把它们平等地、均匀地分配。夜越来越长,越来越黑。有的夜晚,亮晶晶的行星高悬空中,如璀璨的圆盘。秋天的树木,尽管已饱受摧残，枯槁凋零，但仍展现出一种时刻，正如破碎的旗帜在幽暗阴冷的教堂洞窟里荣光不烬，在那儿，被刻在大理石书页上的金色文字讲述了战争里的死亡，以及遗骸是如何在遥远的印度沙土里泛白、燃烧。秋天的树木在黄色的月光下微光闪烁，这秋月的光辉催熟了劳动的能量，抚平了田野上的残茬，引来波涛拍岸，染蓝海岸。

神圣的上帝此刻仿佛被人类的忏悔和劳作不息感动，他拉开了帷幕，幕后的事物显现出来，它们唯一、独特：直立的野兔，退潮的海浪，颠簸的船只。如果我们配得上拥有它们，它们就应该永远属于我们。但是，唉，神圣的上帝拉动了幕索，合拢了帷幕；他感到不快；他用一阵冰雹盖住他的宝藏，就这样砸碎了它们，扰乱了它们，似乎它们再也不能恢复以往的平静，我们也永远不能把残缺的碎片凑成一个完美的整体，不能从零散的纸片上读到真理的明言。因为，我们的忏悔只配得到匆匆一瞥；我们的勤劳只配得到片刻的休息。

现在，这些夜晚充满了寒风和毁灭：树干前俯后仰；落叶漫天飞舞，直到它们落满草坪，填满沟壑，堵满水管，布满潮湿的小径。海浪滔天,惊涛拍岸。如果有哪位正在睡觉的人幻想他或许能在海滩上为他的疑问找到答案,找到一个人来分享他的孤独,他会掀开被子,独自去海滩徘徊,却不见那伶俐侍奉的灵动身影出现,来把这夜晚拨弄得井然有序,使世界反映出心灵的航向。那双手在他的手心里逐渐变小消失,那个声音却在他的耳际震响。怎么啦?为什么?原因何在?睡觉的人被这些问题吸引,起身寻求一个答案,看来,在一片混沌之中,向黑夜提出这些问题,几乎毫无用处。

[一个昏暗的清晨,拉姆齐先生沿着一条走廊蹒跚而行,他张开双臂却怀抱空空,没人投入他的怀抱。拉姆齐夫人已于前一天夜晚溘然长逝。]

4

屋子空了,门锁上了,床垫卷起来了,那些游离的空气,如大军先头部队咆哮而入,扫过光秃秃的木板,吸嗅着、煽动着,它们闯入卧室和客厅,没有遭遇任何抵抗,只有呼扇的挂帘,咯吱作响的木器,光秃秃的桌腿,还有生了水垢、失去光泽、裂纹丛生的炖锅和瓷器。只有人们丢弃和遗留的东西———一双鞋子、一顶猎帽、衣柜里一些褪色的裙子和上衣——在这虚空里保留了人的痕迹,诉说它们曾经的生机充盈,纤纤玉手曾忙着摆弄过挂钩和纽扣,梳妆镜里曾映出一张面孔,盛着一个如梦亦如幻的世界:一个身影转过,一只手挥过,门开了,孩子们踉踉跄跄一窝蜂地进来又出去。如今,日复一日,日光流转,那些物件在对面墙上映出轮廓鲜明的影像,宛如水中花。只有随风摇曳的树影在墙上向它们躬身致敬,一时遮蔽了水塘反射的阳光;忽而小鸟飞过,投下一团柔软的斑点,慢悠悠地从卧室地板上掠过。

美好和静谧统治着一切,共同构成美好本身的形态。那是生命远离的一种形态。孤寂如黄昏里的水池,从行进中的火车的车窗远远地被瞥见,倏忽消失不见,而夜色中愈发苍白的水池尽管曾被瞥见,却丝毫不减其孤寂。美好和静谧在卧室握手,甚至风儿也在罩布盖住的水壶和床单覆盖的椅子中间窥探,黏湿的海滨空气耸着柔软的鼻头,

摩擦着、吸嗅着，不厌其烦地重复着它们的问题——"你们会凋零吗？你们会消亡吗？"——而那平静、淡漠、纯粹完整的氛围不受其扰，仿佛这个问题无须回答：我们自会存在。

似乎没有任何东西能打破那影像，玷污那纯真，或惊扰那统治一切的寂静。一周复一周，它在空空如也的房子里，把鸟儿的悲啼哀鸣、轮船的汽笛、田野间单调低沉的响动、犬的吠叫、人的呼喊编织进自己的身体，复又悄然折拢，包裹在房子四周。有一次，只是一块木板蓦地砸向楼梯平台；有一次，午夜时分，如同经过几个世纪的静默后，一块岩石从山头崩落，发出一声低吼，决绝地冲进山谷里，粉身碎骨。包裹着这房子的寂静披巾这才松开了一角，来回飘荡了一会。一切复归平静，阴影摇曳，日光向自己在卧室墙壁上投下的影子致敬。迈克纳布太太依照吩咐前来，把窗户都打开，拂去卧室的灰尘。她用浸泡在洗衣盆中的双手撕破了寂静的面纱，又用咯吱咯吱踏过木瓦的靴子碾碎了它。

5

她嘴里哼着歌,一步三晃(如船只被海浪摇得起伏不定),眼神斜睨(她的目光从不直直地落在任何事物上,而是斜着一瞟,抗议这个世界对她的藐视和坏脾气——她的无知愚笨,她自己倒也心知肚明),她抓着楼梯扶手,用力地把自己拽上去,从一个房间晃向另一个房间。她擦拭着长长的梳妆镜,瞄了瞄自己晃动的身影,嘴里哼着小曲——也许是二十年前舞台上曾经演出过的欢快曲子,曾经她哼着那调子翩然起舞,裙袂飞扬,而现在,这支曲子从一个戴着帽子、齿缺发秃的看门女人的嘴里哼出,失去了原有的涵义,成为愚昧、诙谐而执拗的声音,被人践踏,又反弹起来。于是她趔趔趄趄,这儿掸掸,那儿拂拂,仿佛在述说生活的冗长、忧伤和烦闷。起床,睡觉,拿东西,收东西,日复一日,千篇一律。她认识这个世界将近七十年,深知世间不如意事常八九。她疲乏地躬下腰,跪着擦拭床底的木地板,弄出嘎吱嘎吱的声响,啥时候,她哼哼唧唧地问，这要忍到啥时候是个头啊。她又费力地站起身来，蹒跚而行，再一次站到了镜子面前，东瞄西瞟，目光游移，甚至对自己的脸庞和自己的忧愁也躲躲闪闪。她打了个哈欠，莫名地笑了，复又悠悠然地摇晃起来，掀起垫子，放下瓷器，斜睨镜中影像，仿佛她也有自己的慰藉，仿佛她的哀歌里也交织着执拗的希望。洗衣盆里必定倒映出过欢乐的幻象，比如和她的孩子们（虽然两个是私生子，一个已弃她不顾）在小酒馆把酒言欢；或者倒腾她抽屉里的琐屑玩意儿。黑暗必有裂痕，晦暗深处必有通道，那是光进来的地方，足以扭曲她在镜中咧嘴笑的脸庞，于是她又干起了活儿，含混不清地哼着演艺厅那首陈旧的曲调。一个月朗星稀的夜晚，那些神秘主义者，那些幻想家漫步海滩，搅动一方砂浆，观察一块石头，自问："我是什么？""这又是什么？"造物主突然赐予他们一个答案（只可意会不可言传），仿若寒霜里的温暖，沙漠中的慰藉。而迈克纳布太太照旧只顾喝酒闲扯。

6

没有一片树叶在风中摇曳，树枝光秃秃、明晃晃，早春如坚贞的处子，凛然不可侵犯，她的玉体横陈在田野上，警觉地大睁着眼，毫不在意旁观者在做些什么，想些什么。〔普吕·拉姆齐倚着父亲的肩膀步入婚姻的殿堂。人们说，哪儿还能找出更般配的一对儿呢？他们还说，她多么美丽！〕

夏日将至，夜晚拉长了，那些醒着的、那些满怀希望的人漫步海滩，搅动一方水潭，生出最诡谲奇特的想象——血肉之躯变成风中的微粒，繁星闪过他们的心田，山崖、大海、浮云、天空，有意识地将内在支离破碎的幻象一同汇聚在外表。在那些镜中，在那些人心里，在那些不平静的水潭间，在阴影丛生的浮云变幻中，美梦永存。每一只海鸥、每一朵花、每一棵树，这世间的男男女女，还有苍茫大地本身，似乎都在宣告美好取得胜利（但如若受到质疑，宣告便会被立即收回），幸福无所不在，万物秩序井然，这宣告的威力不可抗拒。同样不可抗拒的还有一种特别的冲动，它到处游荡，寻觅某种绝对的美好、某种坚硬的结晶，它超脱于为人熟知的快乐，不拘于俗世的道德，迥异于家庭生活的日常，绝世独立，坚硬而明亮，如流沙中的钻石，赋予持有它的人以安全感。蜜蜂嗡鸣，蚊蚋乱舞，春天变得柔软、顺从，它把斗篷扔在身边，用披巾蒙住双眼，转过脸去，在流动的阴影和淅淅沥沥的细雨中，它似乎已经接受了对人类忧愁的认识。

〔那年夏天，普吕·拉姆齐难产而死，这可真是个悲剧，人们说，本来一切都充满希望。〕

夏日炎炎，海风又遣来它的密探侦察这幢屋子。飞虫在骄阳炙烤的房间结了一张网，玻璃窗边长出的野草夜间有节奏地叩击窗扉。夜幕降临之际，那灯塔的光柱，过去曾刺破黑暗，威严地投射在地毯上，勾勒出它的轮廓，现在它与月光交织在一起，如柔软的泉水波光，悄然溜进屋里，好似遍撒爱的抚摸，默默徘徊观望，再款款深情地回来。在这诱人安睡的爱抚之中，那长长的一道光微倚床头，这时岩石崩裂；披巾又散开了一角，悬在那儿，随风飘荡。度过短促的夏夜和漫长的白昼，和着田野的回音和飞蚊的嗡嗡声，空房间似乎在喃喃低语，那长长的披巾轻轻飘扬，漫无目的地摇摆。阳光透过窗格投射出一道道长条，将房间注满朦胧的淡黄，就在这时，迈克纳布太太闯了进来，四处蹒跚着掸尘、扫地，活像一尾在阳光照射的水中游弋的热带鱼。

夏日炎炎正好眠，可随后传来一些不祥的声音，如一记记铁锤有节奏地敲击在毡子上发出的闷响，震个不停，直到披巾散得更开了，茶杯也起了裂缝。时不时地，碗橱里的玻璃器皿叮当作响，像一个巨大的声音在痛苦中嘶叫，震得碗橱里的平底玻璃杯也在发颤。然后，一切归于寂静。就这样，一夜又一夜过去了，有时在玫瑰花开得正艳的正午时分，阳光在墙壁上投下清晰的影子，突然什么东西轰然坠落，坠入这份淡漠超然、完整无缺的空寂。

［一枚炸弹爆炸。二三十个小伙子在法国战场上被炸得血肉横飞，安德鲁·拉姆齐也在里面，他算幸运，去得很快，没遭太多罪。］

在那个季节里，那些曾在海滩上踱步，询问大海和苍天传递了什么信息、证实了什么幻象的人们，不得不去端详那些天赐的日常意象——海上的落日,黎明时分的鱼肚白,初升的月亮,月光下的渔船,用泥巴捏饼、掷草嬉戏的孩子们——想从中看出与这一派欢乐祥和、平静安宁不相协调的东西。比如,一艘灰白色的船如幽灵一般,悄悄驶来又离去;平静的海面上有一块紫色的斑点,好像有什么东西在下面看不见的地方翻涌流血。它们贸然闯入本打算激发最绝妙的思索和引发最抚慰人心的结论的画面,让人们驻足停留。人们很难做到对其视而不见,无动于衷,或抹去它们在景象中的意义,或继续漫步海滩,感叹外在的美如何反映内在的美。

大自然是否弥补了人类进展的不足?她是否完成了人类开创的事情?她同样自以为是地观看人类的不幸、卑贱和痛苦。旧日梦想,那个关于分享、完善,以及孤独地在海滩上寻求答案的梦想,业已成为镜中幻影,而镜子本身不过是当更高尚的力量在它的下方沉睡时于静默中形成的玻璃平面而已。焦躁、绝望,却不愿离去(因为美散发魅力,自有其慰藉作用),海滩漫步已无可能,禅思冥想不堪忍受;镜子破了。

〔那年春天,卡迈克尔先生出版了一本诗集,意外地大获成功。战争,人们说,唤醒了他们对诗歌的兴趣。〕

7

一夜复一夜,夏去冬又来,暴风雨怒吼狂哮,晴天则如利箭般寂静,从那空房子楼上的屋里(如果有人倾听的话),只能听到无边的混沌中,雷声隆隆,夹着道道闪电翻腾起伏,狂风巨浪嬉戏游乐,如同变幻无常的海怪巨兽,它们的眉宇之间从未穿透过理智之光,它们一层一层叠起了罗汉,往黑夜和白昼中间猛地一跃(因为日夜年月总是无状地一起奔腾向前),玩些愚蠢的游戏,直到整个宇宙仿佛都在兽性的混乱和放纵的欲望中漫无目的地厮杀翻滚。

春天,瓷花盆里长满了随风飘来的种子发出的植物,生机勃勃,一如往昔。堇菜盛开了,水仙花绽放了。而白昼的寂静和明亮与夜晚的混沌和骚动一样奇怪,那些花草树木站在那儿,瞅着前方,望着天空,却什么也看不见。没有眼睛,多么可怕。

8

　　迈克纳布太太弯身采了一束鲜花,准备带回家去。她想,这也不打紧吧,反正据说那家子人再也不会回来了;也许到了米迦勒节①这幢房子就会被卖掉。她在打扫的时候,把花束放在桌上。她喜欢花。白白浪费了怪可惜的。假设房子卖出去了(她两手叉腰站在镜子面前),它也需要有人照管——肯定需要的。这些年来,这屋里没住过一个人。书籍和杂物都发霉了,一是战争的缘故,二来也不好雇帮手。房子没像她本来希望的那样被打扫得干干净净。现在单靠一个人的力量不可能把它打理得多么井井有条了。她太老了,又有腿疼的毛病。所有的书都要拿去摊在草地上晒晒;大厅墙上的石灰剥落;书房窗户上方的雨水管堵了,水渗进屋子;地毯也烂得不成形了。这家人应该亲自来一趟,他们该派个人来看一看。衣橱里还有衣服,所有的卧室都

---

① 米迦勒节是纪念天使长米迦勒的节日,西方教会定于9月29日。

有留下的衣服。她该怎么处理它们呢？衣服里生了蛀虫——那是拉姆齐夫人的衣物。可怜的夫人！她再也不会需要它们了。人们说她已经死了；好多年前，死在伦敦。那儿挂着她穿着侍花弄草的一件灰色旧斗篷（迈克纳布太太伸出手指摸了摸）。从前，她拿着要洗的衣物从车道上走过来，看见拉姆齐夫人俯身于花前（现在的花园满目凄凉，杂草丛生，兔子从花圃朝着你横冲直撞过来）——她看见她穿着那件斗篷，身边跟着她的一个孩子。那儿还有靴子和鞋子；梳妆台上还放着一把头刷和梳子，怎么看都像是她打算明天回来似的。（他们说她死得很突然。）有一次他们都要来了，可是又延期了，因为如今打起仗来兵荒马乱，出行困难，这么些年他们从没回来过；只把钱寄来，从不写信，从不回来，却指望一切保持原状，如同他们离开的时候那样，咳，真是的！怎么梳妆台的抽屉里塞得满满的（她拉开了抽屉），一条条手绢、一截截丝带。是的，从前她拿着要洗的衣物从车道上走过来时，真能看到拉姆齐夫人。

"晚上好，迈克纳布太太。"拉姆齐夫人会说。

夫人待她亲和。姑娘们也都喜欢她。可是，哎，从那以后多少事情发生了变化（她关上了抽屉），多少家庭失去了至亲之人。夫人死了，安德鲁先生阵亡了，听说普吕小姐也因头胎难产而死；不过这年头每个人都在失去亲人。物价恬不知耻地飞涨，而且从来不回落。拉姆齐夫人身穿灰斗篷的绰约风姿，她记忆犹新。

"晚上好，迈克纳布太太。"拉姆齐夫人说，然后吩咐厨娘给她留一盘奶油汤——拉姆齐夫人觉得她需要吃点儿什么，她挎着那么重的一只篮子大老远从镇上走来。夫人躬身赏花的身影仍历历在目，一位身披灰斗篷的夫人，弯着身子侍弄花，那身影缥缈闪烁，像一道黄色的光柱，又像望远镜尽头的光圈，漫步越过卧室墙壁，来到梳妆台跟前，绕过脸盆架，就在迈克纳布太太挪着步子四处打扫整理的时候。那厨娘叫什么来着？米尔德丽德？玛丽安？——类似这样的名字吧。唉，她都忘了——她确实记性不好了。只记得她脾气火爆，红头发女人都这样。她们曾经多少次在一起开怀大笑。她在厨房总是很受欢迎。她能逗大家伙儿笑，她真有这本事。那时的日子可比现在好过多了。

她叹了口气；这些个活儿要干，一个女人怎么吃得消。她不住地摇头。这儿过去是育儿室。哎哟，这儿太潮了。墙皮都剥落了。他们怎么想的呀，要在那儿挂个野兽的头骨？也发霉了。阁楼里都是老鼠。雨水渗进来了。可他们从来不派人来，自己也不来。有些锁不知去向，所以门撞得砰砰响。她可不喜欢黄昏时分一个人待在这儿。一个女人可怎么受得了，真受不了，实在受不了。她的脚步声咯吱咯吱地响起，嘴里抱怨着。她砰地关上了门，用钥匙在锁眼里转了一转，离开了这幢大门紧锁的孤寂房子。

9

人去楼空，一派荒芜萧索。它如同沙丘上的一只贝壳，生命已从中抽离，只有干燥的盐粒灌入其中。漫漫长夜似乎已拉开序幕，轻浮的海风咬啮着，湿黏的气息摸索着，似乎已经取得了胜利。铁锅生锈了，垫子烂了。癞蛤蟆伸头探脑地爬进屋里，摇曳的披巾百无聊赖、无所事事地飘来荡去。一株蓟草从食品储藏室的瓦片之间冒出来。燕子在客厅筑巢;地板上撒满了稻草;墙皮大片大片地剥落下来,屋椽裸露在外;老鼠四处搜刮东西,衔到护壁板后去啃。蛱蝶从蛹中钻出,飞撞在窗玻璃上,奄奄一息。罂粟花在大丽花中扎根;草坪上的野草长得很深了,随风摇摆;硕大的菜蓟高耸在玫瑰花丛中;一株花朵边缘呈锯齿状的康乃馨盛开在卷心菜地;野草轻叩窗扉的声音,在冬夜演变成茁壮的树木和带刺的欧石南奏响的鼓点,一到夏天,欧石南又青翠了整间屋子。

什么力量能阻挡大自然的生生不息和冷酷无情呢?迈克纳布太太关于一位夫人、一个孩子、一盘奶油汤的梦吗?它就如阳光洒下的一个光斑,在墙上颤了颤,飘忽一下消失不见了。她已经锁上了门,她已经离开。这真不是一个女人干得来的活儿,她说。他们从不派人来,也从不来信。抽屉里的东西在霉烂——就这样弃之不顾真是遗憾,她说。那地方已经衰败荒废了。只有灯塔的光会照进房间片刻,在漆黑的冬夜突然凝视床和墙壁,目光自若地掠过蓟草和燕子、老鼠和稻草。如今没有什么能阻挡它们,没有什么能对它们说不。让风吹吧,让罂粟花自生自长吧,让康乃馨和卷心菜做个伴儿吧。让燕子在客厅筑巢吧，让蓟草从瓦缝中钻出来吧，让蝴蝶在扶手椅褪色的印花布垫上晒太阳吧。让玻璃和瓷器的碎片残渣散落草坪，被纠缠不清的杂草和野浆果覆盖吧。

那个时刻已经到来，那彷徨不定的时刻，使黑夜止步、黎明颤抖。飘落下来的一根羽毛会使整个天平倾斜。只消一根羽毛，这幢正在下沉、坍塌的房子便会翻身扎进黑暗的深渊。在破败的房间里，郊外野餐的人点燃他们的锅灶；情人在此幽会，躺在光秃秃的木板上；牧羊人把主餐存放在砖堆上；流浪汉在此歇脚，裹着大衣御寒。然后，屋顶会坍塌吧，荆棘和毒芹会封住小路、台阶和窗户吧，它们会在这处高地杂乱无章地疯长，直到某个迷途的闯入者，也许会从荨麻丛中的一枝火把莲，或毒芹丛中的一片碎瓷看出，这里曾有人住过，这里曾是一户人家。

如果那片羽毛落了下来，如果它让天平的一端沉了下去，整幢屋子就会跌入深渊，湮没于遗忘的沙丘。但有一股力量发挥了影响力，那是一股并不十分自觉的力量，是斜睨、蹒跚的力量，工作时无需庄重的仪式或庄严的吟诵来鼓舞的力量。迈克纳布太太哼哼唧唧地说着,巴斯特太太嘎吱嘎吱地走着。她们都老了,行动不便,腿脚酸痛。她们终于带着扫帚和提桶来了,她们干了起来。突然之间,那些年轻小姐中的一位来信了,迈克纳布太太能否把屋子打扫出来,能不能把这个办好,把那个弄好,一切还得马上做。他们可能要来避暑;他们最后把一切都留了下来;他们希望一切如他们离开时一样。迈克纳布太太和巴斯特太太带着扫帚和提桶来了,缓慢又吃力地擦洗冲刷,止住了朽烂的步伐,打捞起即将被岁月的深潭淹没的一个脸盆、一只碗柜。有一天早上,她们从被遗忘的角落拾起一套威弗利小说和一套茶具;那日下午又让一个铜质壁炉围栏和一套钢制火炉用具重见了天日。巴斯特太太的儿子乔治负责捉老鼠、修剪草坪。她们找来了建筑工人,修理嘎吱作响的铰链、吱吱呀呀的门闩,以及受潮变形、乒乒乓乓关不上门的木家具。与此同时,这两个女人一会儿弯腰,一会直起身来,一会儿发出呻吟,一会儿哼起小曲,噼里啪啦,哐哩啷当,刚还在楼上,这会儿又下到了地窖,整幢房子似乎经历着一场缓慢而艰难的分娩。哎,她们说,这活儿!

她们有时在卧室喝茶,有时在书房喝茶;午休的时候,她们脸上污迹斑斑,年老的双手因为攥着扫帚柄的时间太长而抽搐痉挛。她们一屁股瘫到椅子上,一会儿陶醉于对水龙头和浴缸的伟大征服,一会儿沉浸在对那一排排书籍更为艰苦卓绝的局部胜利中,那些书原来乌黑闪亮的,现在都染上了白斑,成了浅色伞菌的繁殖基地、鬼鬼祟祟的蜘蛛的藏身之所。迈克纳布太太喝下茶,感到一阵暖流经过身体,那架望远镜仿佛再次自动架到了她的眼前,光圈里,一位骨瘦如柴的年迈绅士站在草坪上,她拿着要洗的衣物走近,见他摇着头,想来是在自言自语吧。他从来没有注意过她。有人说他死了,也有人说她死了。究竟是说的谁呢?巴斯特太太也搞不清楚。那位少爷死了倒是真的,她在报纸上读到过他的名字。

现在望远镜的光圈里出现的是那个厨娘,米尔德丽德?玛丽安?反正类似这么个名字吧——一个红发女人,和所有红头发的人一样,脾气火爆,但如果你知道怎么和她打交道,就会发现她心地善良。她们在一起曾有过多少欢笑。

她总是为麦琪①留盘汤,有时留点火腿,或者剩下来的随便什么东西。那时候她们过得多好,想要的东西啥都不缺(她坐在育儿室壁炉围栏边的柳条扶手椅里,热腾腾的茶水下肚,便轻松愉快地解开了记忆的线团)。那时候总有干不完的活儿,家里常有客人来,有时候二十个人住在这里,洗碗涮碟的活儿要忙到深更半夜。

巴斯特太太(她从未认识这家人,她那时候住在格拉斯哥②)放下杯子,纳闷不已,他们干吗非得把那个野兽头骨挂在那儿?肯定是在国外哪儿打猎弄来的。

很可能是吧,迈克纳布太太说道,沉浸在自己的回忆里,他们在一些东方国家有朋友;那时候,先生们待在那儿,女士们身着晚礼服;有一次她从餐厅门口看见他们都坐在那儿吃晚饭,她敢说怎么也得有二十来个人,全都戴着珠宝首饰,她主动提出留下来帮忙洗餐具,一直忙到大半夜。

唉,巴斯特太太说,他们会发现这地方变了样。她把

---

① 迈克纳布太太的昵称。
② 苏格兰最大的城市,英国第三大城市。

身子探出窗外,看着儿子乔治用长柄大镰刀割草。他们很可能会问,这草坪怎么回事?看看本该负责打理的肯尼迪都多大岁数了,而且自从他从马车上摔下来以后,腿就废了;后来可能有一年,或至少大半年的工夫,根本没人管理草坪;然后戴维·麦克唐纳来了,种子倒可能被寄来了,可谁知道种下去没有?他们会发现这地方变了样。

她看着儿子割草。他可真是干活的一把好手——默默埋头苦干的那种。唉,她们是时候去收拾碗柜了,她琢磨着。她们吃力地站起身来。

终于,经过数日屋内的辛苦打扫,屋外的挖地割草,她们将掸帚拂过窗扉,将窗子关上,将整幢屋子所有的门都锁起来。大门砰的一声关上了;活儿干完了。

现在似乎又响起了一度被打扫、擦洗、割草的声音淹没的若隐若现的旋律,那被耳朵心不在焉地捕捉却任其沉没的断断续续的乐曲:一阵犬吠,一声羊咩,毫无规则,时断时续,却不知怎的密切相关;一只昆虫的嗡嗡声,一声断草的轻颤,彼此割裂,却不知怎的相互从属;金龟子的鸣声,车轮的嘎吱声,一高一低,却又神秘地相互关联。

耳朵努力地把这些声音汇在一起,它们几乎就要臻于和谐,却又因从未被听得真切,它们从未实现完全的和谐。终于,黄昏时分,这些声音渐次消失,终不成调,寂静降临了。夕阳西下,鲜明的轮廓在暮色中隐去,宁静如薄雾般升起、弥漫;风停了;世界放松了,身体就要入睡了。这里漆黑一片,没一点光亮,只有透过树叶的幽幽绿光或者窗边花圃中白色花瓣上泛着的白光。

[九月的一个深夜,莉莉·布里斯科差人把她的行李搬进了这幢房子。卡迈克尔先生乘同列火车到达。]

10

和平真的到来了。和平的消息从海洋被吹到了岸上。再也不会惊扰它的睡梦,只会哄它进入更深的酣眠,不论熟睡的人做着什么样神圣的、明智的梦,他们都能证实这个消息——它还在喃喃低语别的什么吗?——在那间干净静寂的房间里,莉莉·布里斯科头贴枕头,听见了大海的声音。敞开的窗户外飘来了这个世界美丽的呢喃,声音轻得听不清内容——但那又有何关系,只要意思清楚明了——恳请睡梦中的人(这屋子又住满了人;贝克威思夫人住下了,还有卡迈克尔先生),即使不愿真的走到海滩来,至少也撩起窗帘望一望。那时他们会看到黑夜披着紫袍飘然而下;他头戴王冠,权杖上镶嵌宝石;眼神纯真似稚童。如果他们仍犹豫(莉莉因为旅途劳累,几乎倒头就睡,但卡迈克尔先生还在烛光下看书),如果他们仍拒绝,说他的壮美夜色不过一场雾气,朝露都比他强大有力,他们情愿睡觉,那么那个声音既无怨言,也不争辩,自会轻哼着他的歌谣。浪花轻溅(莉莉在睡梦中听到了它们的声音),夜光温柔地落下(仿佛透过了她的眼睑)。这一切,卡迈克尔先生心想,看上去一如往昔,他合上书,进入梦乡。

夜的幕布裹住了这幢房子,裹住了贝克威思夫人、卡迈克尔先生和莉莉·布里斯科,他们躺在床上,眼皮上叠起层层黑暗,那个声音可能还是在喃喃不休,他们对这一切为什么不接受、不满足、不默许、不顺从呢?海浪有节奏地拍打小岛发出的阵阵叹息抚慰着他们;夜幕包裹着他们;没有任何东西惊扰他们酣眠,直到鸟鸣嘤嘤,黎明把它们细细的声音织进了自己那一抹鱼肚白,一辆手推车嘎吱嘎吱地碾过,一只狗的叫声不知从哪儿传来,太阳撩起夜的幕布,撕开蒙在他们眼睛上的黑纱,惊动了熟睡中的莉莉·布里斯科。她紧紧抓住毯子,像一个失足的人抓住悬崖边缘的草皮。她的眼睛睁得大大的。她又回到这里来了,她想着,笔直地坐在床上。她醒了。

灯塔

1

那么,这是什么意思?这一切有什么意义?莉莉·布里斯科自问,因为餐厅只有她一个人,她不知道自己应该去厨房再取一杯咖啡,还是等在这儿。这是什么意思?——从某本书上看到的一句时髦话,大致符合她现在的所思所想,因为在与拉姆齐一家重逢的第一个早上,她无法抑制自己的感情,只能让这么一个短句反复回荡在脑海,以掩盖那里的一片空白,直到浮着忧郁的雾气散尽。这么多年过去了,她重返旧地,而拉姆齐夫人已经去世,她究竟有何感受?没有,没有——她根本无以言表。

她昨夜到达得很晚,一切都笼罩在神秘的黑暗之中。现在她醒了,坐在餐桌旁的老位置上,却独自一人。现在还很早,不到八点。今天要远足——他们要到灯塔去,拉姆齐先生、卡姆和詹姆斯。他们早该出发——他们得赶上涨潮什么的。卡姆还没准备好,詹姆斯也没收拾妥当,南希忘了准备三明治,拉姆齐先生发火了,摔门而去。

"现在去还有什么用?"他咆哮道。

南希没影儿了,拉姆齐先生在露台上气急败坏地走来走去。摔门声和喊叫声仿佛响彻整幢房子。此时南希闯了进来,四下看看,带着半茫然、半绝望的古怪神情问道:"送什么到灯塔去呢?"仿佛在勉强自己做一件她根本不抱希望能做到的事。

真是啊,送什么到灯塔去呢?要在其他任何时候,莉莉定会提出合理的建议,茶啊,烟草啊,报纸啊。但今早一切似乎古怪离奇,以至于南希的那个问题——送什么到灯塔去呢——仿佛撞开了人们心扉,撞得它们来回摆动,砰砰直响,让人茫然失措,只得不断问道:送什么?做什么?究竟为什么坐在这儿?

她独自一人(因为南希又出去了)坐在长长的餐桌旁,四周是没用过的杯子,她感到自己与其他人隔绝开来了,只能继续观望、发问、惊讶。这幢房子、这个地方、这天清晨,一切于她似乎都是陌路。她觉得自己对这儿没有依恋,与它没有关系,所有可能发生的,已经发生的,外边的一声脚步、一声呼喊("没在碗橱里,在楼梯平台上",有人叫道)都是一个疑问,仿佛通常维系事物的纽带已被割断,它们忽上忽下,漂浮不定。一切是多么盲目、混乱而虚幻,她看着面前的空咖啡杯思索。拉姆齐夫人死了,安德鲁阵亡了,普吕也死了——尽管自己可能会重复这样的命运,但这激不起她丝毫的情感波动。现在我们又在这样的清晨相聚在这幢房子里,她说道,望向窗外。今天风和日丽。

拉姆齐先生经过时突然抬起头,直勾勾地盯着她,目光狂野迷乱,又有穿透人心的力量;仿佛那一刹那的凝望,那初次出现的目光,成了永恒。她举起空杯做样子,为的是躲避他——躲避他对她的请求,把那个迫切的需求再拖延片刻。他冲她摇了摇头,大步走了过去("各自,"她听见他说,"死去,"她听见他说),如同这个奇异清晨的其他一切东西,他说的这些词语变成了象征符号,写满了整个灰绿色的墙壁。她感觉,如果能把它们凑到一块儿,用某个句子写出来,那么她应该就能领会到事物的真相。年迈的卡迈克尔先生拖着低沉的脚步声轻轻走进来,倒了杯咖啡,拿着杯子走出去,坐在阳光下。这离奇的虚幻叫人害怕,又让人兴奋。到灯塔去,但把什么送到灯塔去呢?死去。各自。对面墙上灰绿的光。空着的座位。这些只是某些部分,但如何把它们拼凑起来呢?她问道。似乎任何干扰都会打碎她正在餐桌上建造的脆弱形体,她转过身来背对着窗户,唯恐拉姆齐先生看到她。她一定得逃到什么地方去,一个人待着。她突然想起,十年前她最后一次坐在这儿的时候,桌布上有一个小小的树枝或树叶的图案,她在受到启发的那一刻凝视过这个图案。一幅画的前景布局有点儿问题。把树挪到中间,她这么说过。她一直没有完成那幅画,现在再把它画出来吧。这么多年,这幅画一直在她的脑海里徘徊。她的绘画颜料在哪儿?她问。噢对,她的颜料。昨晚她把它们搁在大厅。她要马上动笔。于是她快速起身,赶在拉姆齐先生转身之前。

她给自己搬来一把椅子,用老处女式精准利索的动作在草坪边缘支起了画架,不离卡迈克尔先生太近,但又不至于远到离开了他的保护范围。是的,十年前她一定也是站在同样的地方。那墙、那树篱、那树。问题在于这些物体彼此之间的某种关系。这些年来,她心里一直装着这个问题。看来答案就在眼前:现在她知道自己想要干什么了。

但在拉姆齐先生向她逼近时,她什么也干不了。他一走近——他在露台上来回踱步——毁灭就走近了,混乱也走近了。她没法儿作画。她弯下腰,她转过身;她拿起这块抹布;她挤挤那管颜料。她所做的一切都只能抵挡他片刻。他让她什么事都干不下去。因为只要她稍微给他丁点儿机会,只要他见她有一刻的空闲,往他的方向看上一眼,他就会揪住她不放,像昨晚那样说道:"你发现我们都变化不小吧。"昨晚他站起身,在她的面前停下,说了这样一句。尽管那六个孩子全都坐在那儿瞪着眼睛不作声——他们曾用英国国王和女王的名字叫这几个孩子:红发的某某,美丽的某某,顽皮的某某,冷酷的某某——但她能感到他们怒火中烧。好心肠的贝克威思老太太说了几句通情达理的话。但是,整幢屋子充斥着各种互不相干的强烈感情——她整晚都有这种感觉。这就够乱的了,拉姆齐先生还站了起来，紧握着她的手说："你会发现我们都变化不小。"没有谁动弹一下，或者说一句话，他们都坐在那儿，好像无可奈何地任他那么说。只有詹姆斯（当然是那忧郁的詹姆斯）冲着灯光皱了皱眉，还有卡姆，用手指在绞手帕。这时他提醒他们，明天他们要到灯塔去，七点半整，他们必须准备就绪，在大厅集合。他的手放到了门上，又站定了转过身来面向他们。难道他们不想去吗？他质问道。要是他们胆敢说个不字（他出于某种理由，想要这么一个回答），他就会凄惨地向后一倒，绝望地挥洒辛酸泪。他真是有装腔作势的天赋。他看上去像一个被放逐的君王。詹姆斯倔头强脑地说了声去。卡姆更加可怜兮兮地结巴着答应。好的，哦，好的，他们俩都会做好准备，他们说。这让她大为震动，这才是悲剧——不是灵柩、黄土和寿衣，而是被胁迫的孩子们，他们的精神受到了压制。詹姆斯十六岁，卡姆大概十七岁吧。她环顾四周，寻找一个不在场的人，想来是拉姆齐夫人吧。但只有和蔼的贝克威思太太在灯下翻看她自己的素描。后来，她乏了，思绪随着海浪起伏，一别经年久，这地方的味道和气息让她沉醉，烛光在她眼中摇曳,她迷失了自我,失去了知觉。这是个美妙的夜晚,星光璀璨;他们上楼时听见海浪的声音;经过楼梯那扇窗户时,那轮硕大、苍白的月亮让他们感到惊奇。她很快就睡着了。

她把一块空白的油画布牢牢地固定在画架上,作为一道屏障,尽管单薄脆弱,但她希望它足够抵挡拉姆齐先生和他的强烈需求。当他转过身时,她就尽量盯着她的画看;那儿一根线条,那儿一团油彩。但这只是徒劳。即使他待在五十英尺以外,即使他不跟你说一句话,即使他不瞧你一眼,他的影响还是无处不在,压倒一切,扰乱你心。他的存在改变了一切。她看不见那色彩,看不见那线条;即使他背对着她时,她脑袋里也只装得下一个念头:他一会儿就会走到我的跟前向我索取,心存怨气地提出要求——要求某种她感到自己无法给予他的东西。她丢下一支画笔,另选了一支。那些孩子什么时候来?他们什么时候出发?她心烦意乱。那个男人,她心想,胸膛中升腾出怒火,从不给予;那个男人只会索取。另一方面,她却要迫不得已地给予。拉姆齐夫人曾经给予过。给予,给予,给予,现在她死了——留下了这一切。说真的,她很生拉姆齐夫人的气。画笔在指间微微颤抖,她看着树篱、台阶和墙壁。这一切都是拉姆齐夫人造成的。她死了。莉莉却在这里,四十四岁了,还在虚掷光阴,什么事都干不成,站在这里,拿绘画消遣,拿她从不当儿戏的绘画作为消遣,这一切都是拉姆齐夫人的过错。她死了。她过去常坐的台阶空了。她死了。

可为什么要翻来覆去地重复这些?为什么总要企图激起某些她并不拥有的感情?这里面有一种亵渎。她的感情已经枯萎、凋零、消耗殆尽。他们不该邀请她的,她不该来的。四十四岁的人,时间真是耗不起了,她想。她痛恨有人把绘画视若儿戏。一支画笔,是这充斥着冲突、毁灭、纷乱的世界上唯一可以信赖的东西——不该拿来消遣,有意为之也不行;她憎恶这样。他逼得她这样。他向她逼近,仿佛在说,在把我想要的给我之前,你休想碰你的画布。现在他又逼近过来了,贪得无厌,狂乱不安。好吧,莉莉放任右手垂落身侧,绝望地想,还是做个了断比较干净利落。当然,她能凭借记忆模仿她们的那种热切、那种狂喜、那种忍让,她曾在许多女人(比如拉姆齐夫人)的脸上见过那种表情,一遇到此情此景,她们就燃起兴奋——她还记得拉姆齐夫人脸上的神情——陷入狂热的同情和得到回报的欣喜,她虽不明白其中缘由,却也明显地看出这种回报给予了她们人性所能体会的至高无上的幸福感。现在他过来了,在她的身旁驻足。她将给予他自己所能给予的一切。

2

她看起来有了点儿皱纹,他想。她略显瘦小、纤弱;但也不无魅力。他喜欢她。以前曾有传闻说她要嫁给威廉·班克斯,后来并未成真。他的妻子很喜欢她。早餐时他还是暴躁了一点。然后,然后——此刻他又被那种强烈的需求,一种他并未意识到的需求,驱使着去靠近任何一个女人,他的需求如此强烈,以至于他不在乎用何种方式,都要迫使她们给予他所需要的东西:同情。

有人照应她吗?他问,她缺不缺什么呢?

"噢,谢谢,我什么都不缺。"莉莉·布里斯科拘谨地说道。不行,她做不到。她应该马上乘着泛起的同情之浪随波逐流;她受到的压力太大了。但她依然没有行动。出现一段令人窒息的沉默。他们俩都看向大海。为什么,拉姆齐先生心想,我在她眼前,她却看着大海?她说她希望风平浪静,好让他们顺利抵达灯塔。灯塔!灯塔!灯塔有何相干?他心烦意乱。顿时,出于某种原始的冲动(因为他实在是再也按捺不住了),他发出一声哀叹,世上任何女人听了都会做点儿什么,说点儿什么——只有我是个例外,莉莉心想,辛辣地自嘲,我不是个女人,我大概只是个暴躁、干瘪的老处女罢了。

拉姆齐先生长叹一声。他等待着。她不打算说点儿什么吗?她不明白他想从她那儿得到什么吗?于是他说,他想去灯塔是有特殊原因的。他的妻子过去常给那儿的人捎东西。那儿有个患髋关节结核的可怜孩子,是灯塔看守人的儿子。他深深地、意味深长地叹了口气。莉莉只希望这股悲伤的洪流,这种对同情永无止境的贪欲,这种要她完全屈从于他的要求——即使他的悲伤多得足以让她永远对他付出同情——可以离她而去,可以在吞没她之前转向(她一直盯着房子，希望发生什么干扰眼前的局面）。

"这样的远足，"拉姆齐先生说道，他的脚尖刮擦着地面，"很痛苦。"莉莉还是一言不发。（她真是根木头、真是块顽石，他对自己说。）"很累人的。"他说，目光落在自己漂亮的双手上，摆出一副令她作呕的虚弱病态（他正在表演，她觉得这个伟大的男人可真会演戏）。真可恶，真无礼。他们怎么老不出来？她问道，因为她片刻也无力承受这般悲伤的重负，无力支撑这些哀痛的沉沉帷幕（他装出一副老朽的样子，站在那儿，甚至有点儿站不稳）。

她还是一句话也说不出口；视线所及之处仿佛被涤荡一空，没有任何东西可供谈论；拉姆齐先生站在那儿的时候，她唯有一种惊奇的感觉，他的哀寂目光落在洒满阳光的草地上，让青草都黯然失色，又投向躺在帆布椅上阅读法国小说的卡迈克尔先生，给那面色红润、昏昏欲睡、心满意足的身影蒙上一层哀悼的黑纱，似乎在这样一个苦难深重的世界如此夸耀其福泽的人，足以勾起最深沉的忧思。看啊，他似乎在说，看看我；真的，他一直陷在这样一种情绪里，想想我，想想我吧。啊，莉莉真希望这一大片阴影能被风从他们身边吹散;要是画架支得离卡迈克尔先生再近一两码该多好;一个男人,任何一个男人都能遏制住这股洪流,结束这些悲叹。身为女人,她引发了这恐怖的一幕;身为女人,她本该知道如何应付这种局面。身为异性,麻木不仁地站在这儿令她大为蒙羞。女人们会说——说什么呢?——噢,拉姆齐先生!亲爱的拉姆齐先生!那个画速写的好心肠老太太,贝克威思夫人,一定会脱口而出这样得体的话。但是,她不行。他们俩站在那儿,仿佛与世隔绝。他的自伤自怜和他对同情的渴求倾泻漫溢,在他们的脚边汇成一潭潭小水洼,而她这个可悲的罪人,只是把脚踝边的裙摆稍微提高,以免被沾湿。她沉默不语,站在那儿,紧紧握住自己的画笔。

谢天谢地!她听见屋里有响动。想必詹姆斯和卡姆快要出来了。但拉姆齐先生似乎也知道他的时间不多了,他把由他的浓愁深怨、他的年迈体虚、他的孤苦悲寂汇聚而成的巨大压力一股脑儿地压向她孤零零的身形。烦闷中他突然不耐烦地甩了甩头——究竟是什么样的女人能抗拒他?——他注意到自己的鞋带散了。多么与众不同的一双鞋,莉莉低头望着它们时心想,雕着花纹,精美绝伦,就像拉姆齐先生身上穿戴的每件东西,从磨损的领带到解开一半纽扣的背心,毫无争议地表现出他的个人风格。她可以想见这双鞋自动地朝他的房间走去,即使没有拉姆齐先生在场,它们也会表现出悲怅、乖戾、暴躁和魅力。

"多好看的鞋!"她惊叹道。她很惭愧。他企求她抚慰他的灵魂,她却在赞美他的皮鞋;他向她展示他流血的双手、撕裂的心,企求她的同情,她却愉快地说,"啊哈,但你的皮鞋真漂亮!"她知道他大发雷霆也是理所应当的,于是抬起头来等待着。

不承想拉姆齐先生却笑了。覆在他身上的阴郁和病弱的沉沉幕布滑落下来。啊,是的,他说着提脚给她瞧,这是第一流的皮鞋。全英国只有一个人能做出这样的鞋。鞋子是人类的一大祸害,他说。"鞋匠的工作,"他提高了声音,"就是弄伤和折磨人的脚。"他们是脾气最顽固怪僻的一群人。他为了找到做工地道的皮鞋,耗费了大好的青春时光。他要让她注意到(他抬起右脚,又抬起左脚),她以前从未见过这样的鞋。它们是世上最好的皮革制成的。

大多数皮革不过就跟牛皮纸和硬纸板一样。他心满意足地看着自己仍悬在空中的脚。她觉得,他们到了一座风和日丽的岛上,这里和平栖居,理智当道,永远沐浴在阳光下,是上天赐福的好鞋子之岛。她的心融化了,对他产生了好感。"现在让我看看你会不会系鞋带。"他说。她打的结不牢固,入不了他的眼。他向她展示了自己独创的方法。一旦系好了,就永远不会松开。他为她的鞋带打了三次结,又三次把它解开。

为什么在他弯身为她系鞋带的时候,她却被对他的同情折磨?同情心来得完全不合时宜。她也弯下腰去,血往脸上涌,想到自己的冷酷无情(她还称他为演员),她感觉泪水在眼眶里打转,刺痛了眼睛。他如此专注,在她看来,仿佛是无限悲戚的化身。他系鞋带。他买皮鞋。拉姆齐先生在今后的旅途上无人相助。但就在她希望说点儿什么,本可能说出点儿什么的时候,他们来了——卡姆和詹姆斯。他们出现在露台上,慢慢腾腾地并肩走了过来,神情全都严肃而忧郁。

他们为什么要那样一副样子走来?她不禁有点儿恼恨

他们；他们本该欢快地过来；现在他们要出发了，他们本该把自己还没机会给予他的东西给予他。她感到一种突如其来的空虚，一种挫败。她的感情来得太迟，酝酿好了，他却不再需要。他俨然成为一位气度非凡的老者，对她一无所求。她感到受了冷落。他把一只背包往肩头一甩。他把小包分发给大家——有不少呢，都用牛皮纸胡乱捆了捆。他打发卡姆去取一件斗篷。他的一举一动俨然是一位远征队的指挥官。然后，他拿着牛皮纸包掉转身去，踏着那双做工精妙的皮鞋，迈着军人般的坚实步伐，带头走上小路。他的孩子们跟随着他。她想，他们看上去像是被命运献给了某项严肃的事业，此刻正奔赴这项事业；他们年纪尚轻，只能默默顺从地跟随父亲的步伐，但他们晦暗的眼神让她觉得他们似乎正无声地承受着某种超越年龄的东西。他们就这样走过草坪边缘，莉莉觉得自己好似在注视一支队伍前进，虽然步伐凌乱，士气不振，但某种共同的情感力量把他们联结成为紧密的小团体，不可思议地给她留下了深刻的印象。经过草坪时，拉姆齐先生礼貌却十分疏远地向她挥手致意。

那是怎样的一副面容啊,她想,惊觉在无人向她索取同情的时候,她的恻隐之心却因无处表达而折磨着她。是什么造就了那样的一副面容?大概是夜复一夜的思考吧——关于厨房餐桌的真实性。她进而记起,在自己对拉姆齐先生在思考什么一无所知的时候,安德鲁给她的那个象征性的解答(她想起他已经被炮弹碎片击中,当场身亡)。那张厨房餐桌是某种虚幻的、质朴的存在;某种裸露、坚硬,没有丝毫装饰的存在。没有上色,只有边缘和棱角;它绝对朴素。但拉姆齐先生一直凝视着它,从不允许自己分神或受骗。直到他面容憔悴,无欲无求,自身也沾染了让她深受感动的这种朴素的美。这时她想起(她站在他离开她的地方,手里握着画笔),这张面容也曾被烦恼侵蚀——凡夫俗子的烦恼。她想,他一定对那桌子有疑惑吧:它是否真的存在;它是否值得他为之付出时间;他究竟能否找到它。她觉得他一定有所怀疑,否则他本不必对别人要求那么多。她猜想,他们有时谈到深夜的就是这个问题吧;第二天,拉姆齐夫人会面露倦容,而莉莉会因为某件可笑的小事对拉姆齐先生火冒三丈。但现在没人陪他谈论那张桌子，或者他的皮鞋，或者他打的鞋结；他像一只寻找猎物的雄狮，脸上流露的那抹绝望和浮夸令她惊恐不安，只得提起裙边退避。然而，她又想起他刚才突然恢复了生气，眼中突然有了火花（当她赞美他的鞋子的时候），突然恢复了活力，表现出对世间寻常事物的兴趣，后来这些也过去了，他进入了她从未见过的那种最后的状态（因为他总在变化，毫不掩饰），她承认，这使她对于自己的心浮气躁感到羞愧，因为他似乎已经摆脱了烦恼和妄念，摆脱了对同情的期待和对赞美的渴求，进入另一个境界；他好像是被好奇心驱使，不知是跟自己还是跟别人无声地交谈着；他率领那支小小的队伍走出了她的视线。多么非同寻常的一副面容！大门砰的一声关上了。

3

他们就这样走了，她想，松了口气，却怅然若失。她的同情心好似被掷回自己身上，像一丛荆棘扫过她的脸庞。她有一种离奇的分裂感，仿佛她身体的一部分被抽离出去了——这是一个无风的日子，**雾蒙蒙的**，灯塔今早看上去有十万八千里那么远；而她的另一部分则固执而坚定地定在这片草坪上。她似乎看见她的画布飘了起来，不留情面地将一片空白呈现在她的面前。它似乎在冷眼叱责她，叱责她的急切和焦躁，叱责她那徒劳而**愚蠢**的情感；当她的杂乱感觉汇集于此（他已经走了，她对他心生怜悯却什么也没有说），它猛地把她召唤回来，先是一种平静的感觉在她的心中扩散，而后是一片空虚。她茫然若失地盯着那幅画布，坚定地、苍白地瞪着她的画布；她的目光从画布移向花园。她想起了什么（她站在那儿，眯起皱巴巴的小脸上那双中国式的小眼睛），在纵横交错、相互关联的线条中，在那宛如绿色洞穴般融进蓝色与棕色之间的一片树篱中，有某种东西一直驻留于她的脑海，并在那儿打了一个结，于是在各种零零星星的瞬间，在她沿着布朗普顿路漫步之时，在她梳理头发之际，她发现自己都会不知不觉地在心中绘着那幅图画，自己的目光正掠过那幅画面，正在解开想象中的那个结。但是，离开画布的凭空想象和真正落下第一笔，二者之间有着天壤之别。

拉姆齐先生在场的时候，她心慌意乱地拿错了一支画笔，而且紧张之中画架插进土里的角度也不对。现在她已经纠正过来，借此压制住莽撞的念头和不相干的情绪，它们分散了她的注意力，让她记起自己怎会是如此这般的一个人，与别人有如此这般的关系。她抬手提起画笔。一时间，画笔在痛苦却又激动狂喜的状态中悬在半空，微微颤动。从哪儿开始呢？——这是问题所在：在哪儿落下第一笔？在画布上抹上一笔将置她于无数风险之中，置她于频繁和不可更改的决定之中。所有在头脑中似乎很简单的事，一旦实践起来就变得复杂无比；就如同从悬崖顶上看去，滚滚波涛形态匀称，但对在其间游泳的人来说，浪与浪之间却被深深的漩涡和泛着白沫的浪峰隔开。这个风险是非冒不可的，第一笔落下了。

她仿佛被推着向前，同时又必须按捺自己，就在一种奇特的身体悸动中，她迅速画下了决定性的第一笔。画笔落了下来。白色的画布上拖曳下一抹棕色，留下一道流动的笔迹。她又描了第二笔、第三笔。一顿一颤，一起一落，她的动作具有一种舞动的节奏感，仿佛停顿是节奏的一部分，而落笔是另一部分，彼此关联；如此，停顿短促，下笔轻盈，她在画布上画上了飘逸而神经质的棕色线条，它们一旦落下就围起了一片空间（她觉得这一切正在自己的眼前隐隐浮现）。在一个浪头落下的深谷里，她看见下一个浪头越来越高地在她的上方涌起。还有什么比这片空间更可怖吗？她再次置身于这种处境了，她一边想，一边退后一步，审视这片空间，她从闲言碎语、日常生活和人际交往中抽离而出，被推到她的这个令人生畏的宿敌面前——这另一种事物，这个真相，这个现实，它突然对她下手，在各种表象的背后赤裸裸地显露出来，控制了她的注意力。她心不甘，情不愿。为什么总是被生拉硬拽？为什么不能让她平静地和卡迈克尔先生在草坪上聊聊天？不管怎样，那是一场形式严格的交流。其他崇拜对象满足于受到崇拜；男人、女人、上帝，都让人匍匐拜倒；但是这种交流形式，只是白色灯罩投在柳条桌上的幢幢灯影，鼓动人们投入永恒的论战，激励人们投入注定要失败的战斗。每次（她不清楚这是源于她的天性，还是她的性别）在她交付流动不居的生活以换取凝神绘画之前，那片刻间，她总有一种赤裸裸的感觉，觉得自己宛如一个未出生的灵魂，一个被夺走了躯体的灵魂，游移在临风的高塔尖上，毫无遮蔽地暴露于阵阵怀疑的狂风之中。那么她为什么还要这么做呢？她看着画布，它上面被轻轻勾勒出一些流动的线条。它将被悬挂在佣人的卧室。它将被卷起来，塞进沙发底下。那么把它画出来有何用处？这时她听见一个声音在说，她不会画画，她不会写作，她仿佛被卷入一股习惯的潮流，一定时间之后，某种体验在她的心灵形成，于是她重复一些话语，却再也没有意识到它们最初出自何人之口。

不会画画，不会写作，她机械地喃喃自语，焦虑不安地谋划着她的进攻方案。那一片树篱赫然浮现在她的眼前，向上突现；她感觉它正在压迫自己的眼球。这时为促进身体机能而需要的某种汁液仿佛自动喷射出来，她试探性地蘸了蘸蓝色和赭色的颜料，开始这儿抹一抹，那儿画一画，但是，这支笔此时沉重了不少，移动得更加缓慢，好像已经跟上了她所看到的景色（她不停地望望树篱，又看看画布）传递给她的某种节奏，因此，当她的手带着生命力微微颤抖时，这种节奏之强劲，足以承载她随着它的流动前进。

她无疑正在丧失对身外之物的知觉。当她对身外之物全无感知,对她的名字、她的个性和她的容貌全无记忆,对卡迈克尔先生是否还在那儿也全无意识的时候,她的脑海深处不断涌现出场景、名字、话语、记忆和观点,在她用绿色和蓝色在画布上创造形象时,它们像一股喷泉,喷洒在那个耀眼刺目、难以对付的白色空间上。

她想起来了,查尔斯·坦斯利过去老是说,女人不会画画,不会写作。当时她就在这个地方作画,他从她的背后走来,紧挨着她站着,这是她最讨厌的事。"劣质烟丝,"他说,"五个便士一盎司。"炫耀他的清贫,他的原则。(但是那场战争拔除了她女性的利刺。可怜的人们,她想,可怜的男男女女。)他走到哪儿腋下都会夹一本书——一本紫色封面的书。他在"工作"。她记得,他坐在刺眼的阳光下工作。晚餐时,他会坐在她的视野中央。可毕竟有过海滩上的那一幕,她思索。人们一定会记得那一幕。那日早晨,风很大。他们都来到了海滩上。拉姆齐夫人在一块岩石旁边坐下来写信。写着写着,"呀,"她抬头望着漂浮在海面上的什么东西,"那是个捕龙虾的笼子吗?那是条翻了的小船吗?"她的眼睛近视得厉害,看不清楚。这时查尔斯·坦斯利别提多么殷勤周到了。他开始打水漂玩儿。他们挑选扁平的小黑石子投出去,让它们在水面上跳跃。拉姆齐夫人时不时地从眼镜上方望过来,看着他们发笑。他们说了些什么,她记不得了,只记得她和查尔斯一起扔石子,突然之间相处得非常融洽,而拉姆齐夫人正在望着他们。她十分清楚地意识到了那一点。拉姆齐夫人,她想着,往后退了一步,眯起眼睛。(如果她和詹姆斯坐在台阶上,画面一定会大为改观。那里一定会有一道阴影。)当她想起自己和查尔斯玩儿打水漂,想起海滩上整个的那一幕,似乎莫名地感觉那一切都有赖于拉姆齐夫人——她坐在岩石下,把信笺本子放在膝盖上写信。(她写了好多封信,有时会被风吹走,她和查尔斯·坦斯利刚好抓住一页,没让它给吹到海里去。)但是人类的灵魂拥有多么强大的力量!她想。那个坐在岩石下写信的女人把一切事物变得简单;她让恼怒和狂躁像旧碎布片一样被抖落;她把原本分散的东西凑在一起,从那可怜的愚蠢和怨恨中(她和查尔斯就像针尖对麦芒,非常愚蠢,相互怨恨)制造出某些东西——比如海滩上的这一幕,这片刻的友谊和好感——历经这么多年,它依旧完好无损地保存了下来,以至于她稍稍重温那一幕,就重塑了对查尔斯的记忆,那一幕几乎如同一件感人的艺术品,留存在她的心中。

"就像一件艺术品。"她念叨着,从画布看向客厅的台阶,又将目光移回画布。她必须得休息一会儿了。休息时,她的眼神一直茫然地游移在一样东西和另一样东西之间。那个永远盘桓于她的心灵天穹的老问题,那个宏大的、普遍的问题,那个常常在这样的瞬间把自己具体化的问题,就在她放松一直绷紧的感官的这一刻,兀地耸立在她的上方,停驻在她的上方,黑压压地笼罩在她的上方。人生的意义是什么?就这么一个简单的问题;随着岁月的流逝,不断向你逼近的一个问题。那个伟大的启示从未出现。那个伟大的启示也许永远不会出现。取而代之的是日常生活中的小小奇迹和启发,如同黑夜里不经意间被擦亮的一根根火柴;她的眼前正是如此景象。这个、那个,还有其他;她自己和查尔斯·坦斯利,还有飞溅的浪花;拉姆齐夫人把它们凝聚在一起;拉姆齐夫人说,"生命在这里定格";

拉姆齐夫人把这个瞬间铸成了某种永恒（正如在另一个领域，莉莉自己也试图将这一刻铸成永恒）——这就具有一种启示的性质。纵是一片混乱也有迹可循；纵是世事如水流动不居（她望着白云流动，树叶摇曳）也会有瞬间的凝固。生命在这里定格，拉姆齐夫人说。"拉姆齐夫人！拉姆齐夫人！"她念叨着。这一切，皆得益于拉姆齐夫人。

万籁俱寂。那幢房子里似乎还没人走动。她看着它在晨曦中沉睡，在树叶的映照下，它的窗户上是一片蓝色和绿色。她对拉姆齐夫人的朦胧思念似乎与这幢寂静的房子、这缕轻烟、这大清早的清新空气和谐一致。朦胧而缥缈，惊人的纯洁和动人。她希望没人会打开窗户或从屋里走出来，好让她独自继续思考，继续绘画。她转向画布。但受到某种好奇心的驱使，受到同情心未能表露的不安的推动，她走了几步，来到草坪的尽头，俯瞰海滩，看看能否望见那支小小的队伍扬帆起航。那些漂浮的小船里面，有的船帆卷起，有的正非常平稳地缓缓开动，其中有一艘和其他船只拉开了相当远的距离。它的船帆就在此刻升起。她认定，拉姆齐先生，还有卡姆和詹姆斯，正坐在那艘十分遥远、寂然无声的小船上。现在他们已经升起了帆；船帆经过了片刻颓然无声的低垂后扬起，现在她正目送那艘小船慎重地驶上它的航道，越过其他船只，出海而去。

4

那些船帆在他们头顶拍动。海水欢笑着拍打船舷，小船动也不动，像是在阳光下打着盹儿。偶有一阵微风轻拂船帆，吹起层层皱褶，但褶皱一过，便风止帆静。那小船根本没有丝毫挪动。拉姆齐先生坐在船中央。他就快要失去耐心了，詹姆斯想，卡姆也这样想；她看着自己的父亲，他双腿紧盘，坐在他俩中间的船中央（詹姆斯掌舵，卡姆独自坐在船头）。他讨厌磨磨蹭蹭。果然，他烦躁不安地忍了一两秒之后，对麦卡利斯特的儿子说了几句刺耳的话。于是，小伙子拿出桨开始划了起来。但他们知道，除非小船飞速前进，否则他们的父亲是不会满意的。他会一直巴巴地盼着海面起风，心神不定，喃喃自语。麦卡利斯特父子会不小心地听到他的抱怨，他们会感到浑身不自在。是他叫詹姆斯和卡姆来的，是他逼他们来的。他们愤愤不平，恨不得永远别起风，让他遭受百般挫折，因为他违背了他们的意愿，强逼他们来的。

在刚刚走到海滩的这一路上，詹姆斯和卡姆一起落在后面，尽管父亲无声地示意他们"快走，快走"。他们埋着头，仿佛被一股无情的风压得抬不起头。他们没法儿同他说话。他们必须来，他们必须跟着他。他们必须提着牛皮纸包走在他的身后。但是他们一边走，一边默默起誓，要相互扶持，践行那个伟大的盟约——誓死反抗暴政。所以，他们一个坐在船头，一个坐在船尾，默然无语。他们不吭声，只是偶尔地瞟父亲一眼，只见他盘腿坐在那儿，眉头紧锁，心烦意乱，时而鼻子里哼哼哧哧地喷着气，时而嘴里嘀嘀咕咕地自说自话，不耐烦地盼望着起风。而他们却惟愿风平浪静，惟愿他遭受挫折，惟愿这趟远征铩羽而归，最后大家不得不拎着纸包折回海滩。

但是，麦卡利斯特的儿子才划出去没多远，船帆便缓缓转了过来，船速加快了，船身平稳了，如离弦的箭一般飞驶而去。那一瞬间，泰山压顶般的紧张得到了释放，拉姆齐先生伸了伸腿，拿出他的烟丝袋，咕哝了一句什么，把它递给了麦卡利斯特。孩子们知道，他是心满意足了，可他的满足建立在他们的痛苦之上。现在他们会像这样一连航行好几个小时，拉姆齐先生会向老麦卡利斯特问个什么问题——可能是关于去年冬天的那场大风暴吧——老麦卡利斯特会回答他的问题，他们一块儿抽烟斗，麦卡利斯特会用手指拈起一根涂过柏油的绳子，或者打结或者解开，而他的儿子会钓鱼，跟谁都不说一句话。詹姆斯就得一直盯着船帆。因为要是他一时疏忽，船帆起了皱，哆嗦起来，船速放慢，拉姆齐先生就会厉声道："注意！注意！"老麦卡利斯特便会在他的座位上慢慢转过身。就这样，他们听见拉姆齐先生问到关于圣诞节那场大风暴的情况。"那条船正绕着那个岬角驶过来。"老麦卡利斯特说，描述着去年圣诞节的那场大风暴，当时还有十条船已经被迫躲进海湾避风，于是他看见"那儿一条，那儿一条，那儿一条"（他动作缓慢地指着海湾的各个方位。拉姆齐先生随着他手指的方向转动脑袋）。他看见四个人死死地抓着桅杆。后来船就不见了。"后来我们终于把那艘船撑开了。"他继续说道（但他们在愤怒和沉默中，只捕捉到只言片语，他们分坐在船的两头，誓死反抗暴政的盟约让他们团结一心）。他们终于把那艘船撑开了，他们放下了救生艇，驾着救生艇过了岬角——麦卡利斯特讲着那个故事；虽然他们只捕捉到只言片语，但父亲的存在一直驻扎在他们的意识里——他如何探身向前，如何让自己的声音与麦卡利斯特的声音协调一致；如何吞云吐雾，随着麦卡利斯特指示的方向四处眺望，细细玩味渔民在漆黑的夜里与风暴殊死搏斗的场景。他喜欢那一幕：男人们应该在夜里刮着大风的海滩上卖力苦干，挥汗如雨，用头脑与肌肉搏击风浪；他喜欢男人们像那样干活；女人们则料理家务，当男人们在风暴中葬身海底时，她们在屋里守着熟睡的孩子。詹姆斯看出来了，卡姆看出来了（他们看看父亲，又彼此对望），他们从他仰起的头，从他的警觉，从他的语气，以及他向麦卡利斯特问起风暴中被迫躲进海湾的那十一条船时混入的一丝苏格兰口音里看出来了。那种苏格兰口音让他自己也像个农民。十一条船，沉了三条。

他骄傲地看向麦卡利斯特所指的方向；不知为何，卡姆为他感到自豪,她想,要是他当时在场,他一定会放下救生艇,驶向失事地点。他是那样的勇敢,富有冒险精神。但是誓死反抗暴政的那个盟约,又忽地浮上她的心头。他们的满腔怨气压在他们的身上。他们是被迫来的,他们是被命令来的。他又一次利用他的忧郁和权威来压迫他们,让他们唯命是从,在这个美好的早晨,拿着这些大包小包到灯塔去,就因为他想去;他让他们被迫加入他为了满足自己对亡灵的缅怀而举行的仪式,他们对此深恶痛绝,所以磨磨蹭蹭地跟在他的后面,这一天的兴致都被败坏掉了。

是的,微风拂面让人神清气爽。小船倾斜着劈波斩浪,在船两侧激起绿色的小瀑布,泛起泡沫,溅起急流。卡姆俯视那些飞沫,俯视蕴藏着无数宝藏的大海,小船的速度仿佛把她催眠了,她和詹姆斯之间的联系松动了一点儿,减弱了一点儿。她开始想,船开得多快啊。我们要往哪儿去啊?船身的晃动仿佛把她催眠了;詹姆斯则目不转睛地盯着船帆和地平线,神情严峻地掌着舵。但他一边掌舵,一边开始想,他可以逃跑,他可以摆脱这一切。他们可以在什么地方登陆,然后就自由了。两人对视片刻,在速度和变幻中产生了一种超脱感和兴奋感。微风也给拉姆齐先生的心头注入了同样的兴奋感,于是在老麦卡利斯特转身把绳索抛入海中的时候,他大声喊了出来。

"我们死去,"然后又说,"各自沉没。"①然后照常生出一阵懊悔和羞愧,他挺直身子,朝海岸方向挥了挥手。

"看那幢小房子。"他指着岸边说,希望卡姆往那边看。她不情愿地直起身子远眺。可是,是哪一幢呢?她分辨不出山坡上哪幢房子是他们的。一切都显得那么遥远、安宁而陌生。海岸看上去遥远缥缈,妙不可言。他们已经驶出的那一小段距离把海岸推得远了,让它看上去有所不同,看上去泰然自若,仿佛正渐渐隐去,不再与他们有任何关系。哪幢房子是他们的?她看不出来。

"只是,我沉在更汹涌的海面下。"②拉姆齐先生喃喃道。他已经认出了那幢房子,看见了它,也看见了房子里的他自己;他看见自己在露台上踱步,孑然一身。他曾在

---

① 出自威廉·柯珀的《被抛弃的人》。
② 同上。

石瓮之间徘徊；他似乎看到那个弯腰驼背、老态龙钟的自己。坐在船上的他弯腰蜷缩，瞬间进入了他的角色——一个失魂落魄的鳏夫。于是他把成群对他动了恻隐之心的人召唤到自己的面前；他坐在船里，为自己演出一幕小短剧；这幕剧需要他衰老虚弱、力倦神疲、黯然神伤（他举起自己的双手，看着瘦骨嶙峋的双手，以证实自己的幻梦），如此就有女人们给予他慷慨的同情，他想象着她们将如何抚慰他，怜悯他，并在梦境中回味女人们给予他同情而带给他的极致快乐。他叹了口气，轻声悲吟：

> 只是，我沉在更汹涌的海面下，
> 比他，淹没在更深的深渊。①

结果，所有人都无比清晰地听到了那句哀伤的诗。卡姆惊得差点儿从座位上弹起。这让她震惊——让她愤慨。

---

① 出自威廉·柯珀的《被抛弃的人》。

她的举动惊醒了父亲；他打了个激灵，中断了幻梦，高声喊道："快看！快看！"口气如此迫切，使得詹姆斯也不由地扭头看向身后的那座岛屿。他们都在看。他们在看那座岛屿。

但是卡姆什么也看不见。她想着那些与她们过去经历的生活有着千丝万缕联系的小径和草坪，是如何都消失不见的：它们被抹去了，如过眼云烟，虚无缥缈。而眼前的一切才是真实的：小船和打着补丁的船帆，戴着耳环的麦卡利斯特，滚滚涛声——这一切才是真实的。一念及此，她喃喃自语道："我们死去，各自沉没。"父亲的话在她的脑海里一再回荡，而父亲看到她如此目光迷离，便开始逗她。她可知罗盘上标的方位？他问，她可会分辨东南西北？她真的以为他们就住在那儿吗？他又指给她看他们的房子在哪儿，就在那儿，那些树旁边。他希望她的方位感尽可能的精准，便用半取笑半责怪的口吻说："告诉我——哪边是东，哪边是西？"因为他无法理解并非完全低能却看不懂罗盘方位的那些人，他无法理解那些人的精神状态。可她就是不知道。刚才见她迷茫地凝视，现在又见她惊恐万状地盯着一个没有房屋的地方，拉姆齐先生忘记了他的幻梦，忘记了他在露台的石瓮之间来回踱步，忘记了女人们如何向他张开臂膀。他想，女人们总是这样，头脑糊涂得无可救药；这是他永远不能理解的；但事实就是如此。她始终就是这样——他的妻子。她们没法儿把任何东西清晰地刻在头脑中。但他不该对她发火，况且，他不是挺喜欢女人们身上的这股糊涂劲儿吗？这是她们非凡魅力的一部分。我要让她对我笑，他想。她像是受了惊吓。她那样沉默。他握紧拳头，决心让他的声音、他的面部表情和他富有表现力的所有敏捷手势都收敛起来；这么多年来，他得心应手地利用这些赢得了人们的同情和赞美。他要博她一笑。他想找一个简单轻松的话题同她聊。但是聊什么呢？他终日沉迷于工作，已经忘了人们通常会谈些什么。对了，有一条小狗。他们有一条小狗。今天是谁照顾小狗啊？他问道。詹姆斯看着船帆衬托下的姐姐的头，冷酷地想，是的，她就要缴械投降了，剩下我独自反抗那位暴君。那份盟约得由他贯彻了。他看着她的脸，她的神情悲伤、阴沉、柔顺；卡姆不会誓死反抗暴政了，他阴郁地想道。正如有的时候，一朵乌云压在一片翠绿的山坡上,气氛低沉,周围的群山仿佛也愁肠九转,似乎必须思考那片被云层遮蔽而暗影丛生的山坡的命运,或寄予同情,或幸灾乐祸:就这样,卡姆此时感到自己被乌云压顶,她坐在沉着、坚定的人中间,不知如何回答父亲提出的关于小狗的问题,如何抗拒他的恳求——原谅我,关心我。与此同时,立法者詹姆斯将永恒智慧的泥板①摊开在膝盖上(他那只握着舵柄的手对她而言具有了某种象征意义),说道,反抗他,和他斗争。他说得合乎正义,合乎公道。因为他们必须誓死反抗暴政,她想。在人类的所有品质中,她最推崇的就是公正。她的弟弟公正如神明,她的父亲最善于哀求乞怜。她坐在两人中间,一边凝视着她对其在罗盘上的方位全无所知的海岸,想着草坪、露台和房子现在如何被抹去,平静如何降临那里,一边思索,她该向谁屈服呢?

"贾斯珀。"她闷闷不乐地说。他会照料那条小狗的。

---

① 泥板文书是古代西亚一种刻在泥板上的文字记录形式,古代一些著名的法典均为泥板形式。

她打算给它取个什么名字呢?她的父亲追问不休。他还是个小男孩的时候,也有过一条狗,叫弗里斯克。詹姆斯看着她的脸上浮现出一种神情,一种他依稀记得的神情,心里想道,她就要屈服了。他想起,他们低头看着手上的针织活儿或别的什么东西,然后突然抬起头。他记得,一道蓝光闪过,后来和他坐在一起的那个人笑了起来,屈服了,所以他非常生气。那人想来定是母亲吧,他寻思,她坐在一张矮脚椅子上,他的父亲站在一旁俯视着她。他开始在脑海里搜寻,在从时光沉淀下来的层层叠叠、纷繁不断的印象中,在气息和声响中,在各种刺耳、低沉或甜美的嗓音中,在飞掠而过的灯光、轻拍地板的扫帚、大海的波澜起伏之中,一个男人如何来回踱步,突然驻足,笔直地站在那儿,俯视他们。与此同时,他注意到卡姆把手指浸在海里玩水,目光凝视海岸,一言不发。不,她不会屈服的,他想;她不一样,他想。好吧,这时拉姆齐先生决定了,如果卡姆不愿回答他的问题,他也就不去打搅她了,于是伸手到衣袋里去掏一本书。但是她想回答他;她迫切地希望挪掉压在舌头上的障碍,说出,噢,是的,弗里斯克。

我就叫它弗里斯克吧。她甚至想说,它是不是那条自己能在荒野上找到路的狗?尽管努力尝试了,她还是想不出那样的话,既可以热忱地忠于盟约,又能够在不被詹姆斯察觉的情况下暗自向父亲传递自己对他的爱。她一边玩着水(这时麦卡利斯特的儿子钓到一条鲭鱼,鱼在甲板上直蹦跶,鱼鳃淌着血),一边看着冷冷凝视船帆,间或瞥一眼地平线的詹姆斯,心想,你没有,你从来没有承受过这种压力和感情的分裂,这种异乎寻常的诱惑。她的父亲正在口袋里摸索着,再过一秒钟,他就要找到他的书了。再没有人如他一般吸引着她;他的双手是漂亮的,还有他的双脚、他的声音、他的话语、他的急躁、他的脾气、他的怪癖、他的热情,他在众人面前直言"我们死去,各自沉没",还有他的疏离感。(他已经翻开了他的书。)她坐得直直地,注视着麦卡利斯特的儿子从另一条鱼的腮帮里把鱼钩拔出来,心想,可是叫人难以忍受的是他的冥顽不化和粗暴专横,那毁了她的童年,掀起了痛苦的风暴,时至今日,她甚至还会在夜里惊醒,气得发抖地想起他发号施令:"做这个。""做那个。"想起他的高高在上,那种"服从我"

的要求。

所以她什么也没有说,只是倔强而忧伤地望着笼罩在平静下的海岸,心想,那儿的人们似乎都入睡了吧,如一缕轻烟般自由,像幽灵般来去自如。他们在那里没有痛苦,她想。

5

是的,那是他们的船,站在草地边缘的莉莉·布里斯科断定。那条船有灰褐色的帆,此时她看见船身在水面渐趋平稳,箭一般地穿过海湾。她想象着,他就坐在那儿,孩子们依然沉默不语。她又不可能到他那儿。她尚未给予他的同情压在她的心头。她难以作画。

她向来觉得他不好相处。回想起来,她从来都做不到当面称赞他。这让他们之间的关系简化为某种中性的关系,缺乏性别因素。而正是这种性别的因素让他在明塔面前大献殷勤,几乎是放浪轻佻。他会摘下一朵花送给她,把他的书借给她。但他难道相信明塔会读这些书吗?她带着那些书费劲地走到花园的各个地方,夹进一些树叶当书签。

"您还记得吗,卡迈克尔先生?"她看着那位老人,很想问问他。但他把帽子扯下来,遮住了半个额头;她猜想,他睡着了,或者正在做梦,或者正躺在那儿斟酌词句。

"您还记得吗?"她走过他的身旁时,很想问问他。她又一次回忆起海滩上的拉姆齐夫人,那只随波上下漂浮的木桶,那些随风飘散的信纸。为什么这么多年过去了,这幕情景依然留存了下来,萦绕心际,照亮心房,细枝末节都清晰可见呢?而在它之前及在它之后的漫漫岁月,一切都是空白呢?

"那是条小船吗?那是块软木吗?"她会这样说,莉莉重复着这句话,她不情愿地又转身回到画布跟前。谢天谢地,那个空间的难题依然存在,她重新拿起了画笔。它对她虎视眈眈。画面的整体效果就取决于这枚砝码。画的表面应该明亮美丽,轻盈缥缈,好像蝴蝶翅膀上的色彩,一种颜色融进另一种颜色;但其肌理之下必须由铁螺钉紧钳固定。它得是你的呼吸都能惊扰的东西;它得是一群马都不能撼动的东西。于是她开始抹上一层红色、一层灰色,她开始按照自己的方式填补那片空白。与此同时,她似乎正坐在海滩上,坐在拉姆齐夫人的旁边。

"那是条小船吗?那是只木桶吗?"拉姆齐夫人说。然后她开始到处寻找她的眼镜。找到眼镜之后,她便坐下来,默默眺望大海。莉莉不停地画着,她感到仿佛有一扇门打开了,自己走了进去,站在一个非常昏暗、非常肃穆,如大教堂般的地方,静静地环顾四周。喧闹声从一个遥远的世界传来。轮船喷着滚滚浓烟,消失在地平线。查尔斯抛出石子,让它们在海面上跳跃。

拉姆齐夫人默然静坐。莉莉觉得,她很乐意在沉默寡言的安静中休息,在人际关系最隐蔽的角落里休息。谁知道我们是什么样的人,拥有什么样的感受?甚至在亲密无间的时刻,谁又能知道呢?这就是知识吗?拉姆齐夫人可能会问(在她身边,这种沉默的场景似乎经常出现),如果说出来岂不会破坏这一切吗?我们这样难道不是更有表现力吗?至少这一刻似乎蕴含着异常丰富的内涵。她在沙滩上掏出一个小洞,然后又把它盖上,好像是为了将这完美的一刻埋在里面。那一时刻就像一滴银色的液体,只要在里面蘸一下,就能照亮往昔的黑暗。

莉莉退后一步——就这样——全面地端详她的画布。这样的画法是独辟蹊径。人们在这条路上走得越来越远,直到最后,仿佛走到了海面上的一块狭窄木板上,茕茕孑立。她蘸了蘸蓝色的颜料,同时也蘸了蘸往昔的岁月。她记得,那时候拉姆齐夫人站起身来。该回屋去了——到了吃午饭的时候。于是他们一起从海滩往回走,她和威廉·班克斯并肩走在后面,明塔走在他们的前面,她的袜子上破了一个洞。那个小小的圆洞露出的粉红色的脚跟似乎在向他们炫耀自己,多么扎眼!威廉·班克斯对此多么痛心疾首!虽然就她的记忆所及,他什么话都没说。对他来说,那个破洞意味着女性气质的湮灭,意味着肮脏和杂乱,意味着仆人离去和床铺午时尚未整理——意味着他深恶痛绝的一切。他习惯性地战栗并张开手指,像是在遮挡一件不堪入目的东西。他就是那样做的——用手挡在面前。明塔继续在前面走着,大概遇见了保罗,便同他一起去了花园。

雷利夫妇,莉莉·布里斯科一边挤一管绿色的颜料,一边想起了他们。她搜集出自己对雷利夫妇的印象。他们的生活通过一连串场景浮现在她眼前，有一幕发生于拂晓时分的楼梯上。保罗早就回家上床睡觉了，明塔却迟迟不归。大约在凌晨三点钟，明塔出现在楼梯上，她头戴花环，浓妆艳抹，花枝招展。保罗穿着睡衣走了出来，手里拿着一根防贼用的拨火棍。明塔站在楼梯拐角处的窗口旁边，在惨白的晨光中啃着三明治，地毯上破了一个洞。但是，他们说了些什么呢？莉莉问她自己。好像看到这幕场景就能听到他们说话似的。明塔继续恼人地啃着她的三明治，保罗则言辞激烈，正在责骂她，压低了声音，生怕吵醒孩子们——那两个小男孩。他神情憔悴，拉长了脸；她轻佻艳丽，满不在乎。婚后一年左右，他们的关系就疏远了，婚姻状况一塌糊涂。

莉莉用画笔蘸了一点绿色颜料，心想，这样来想象关于他们的生活情景就是我们所谓的"了解"人们，"关心"他们，"喜欢"他们！没有一句话是真实的，都是她想象出来的；尽管如此，但这就是她对他们的了解。她继续挖掘隧道，深入她的画作，深入往昔岁月。

还有一次，保罗说他"在咖啡馆里下棋"。就凭这句话,她又想象出一套完整的剧情。她记起,他说这话的时候,她想象他怎样给家里打电话,女仆道"雷利夫人不在家,先生",于是他决定也不回家了。她看到他坐在某个阴暗场所的角落里,红色长毛绒的座椅上沾满烟尘,那里的女招待全都认识顾客,他和一个小个子男人下棋,这个人做茶叶生意,住在瑟比顿①,保罗对他的了解仅限于此。他回家时,明塔没在家,然后就有了楼梯上的那一幕,他手拿防贼用的拨火棍(无疑也是为了吓唬她),言辞充满愤恨,说她毁了他的生活。反正,莉莉到里克曼斯沃思②附近的一所小别墅去看望他们的时候,他们的关系已是剑拔弩张。保罗带她到花园里去看他饲养的比利时兔子,明塔跟在他们后面,哼着歌,裸露的手臂搭在他的肩膀上,唯恐他告诉莉莉什么。

莉莉觉得,明塔厌烦兔子。但是明塔从未表现出来。她从不说在咖啡馆下棋之类的事情。她非常小心谨慎。但

---

① 伦敦西南部的郊区。
② 伦敦市西北的一个小镇。

还是继续讲述他们的故事吧——现在他们已经度过了危险期。去年夏天，她曾经和他们同住过一段时间；汽车坏了，明塔只好给他递工具。他坐在路边修车，她给他递工具的样子——公事公办、坦坦荡荡、友善亲切，证明他们现在相处融洽。他们不再"相爱"；不，他交往了另一个女人，一个严肃的女人，梳着辫子，手里提着公文包（明塔曾带着近乎钦慕的感激描述过她），她出席各种会议，在地价税和资本税的问题上与保罗持有相同的观点（他们发表的观点越来越多）。这次外遇不仅没有导致婚姻破裂，反而调和了它。当他坐在路边，而她给他递工具的时候，显而易见，他们是亲密的朋友。

这就是雷利夫妇的故事，莉莉想。她想象自己把这个故事讲给拉姆齐夫人听，她一定会非常好奇地想要知道雷利夫妇后来如何。如果告诉拉姆齐夫人这场婚姻并不美满，莉莉会感到一丝胜利的快慰。

但是，死去的人，莉莉想。她在构图上遇到了某种障碍，便停下画笔，冥思苦想。她后退了一两步，唉，死去的人！她喃喃道，人们同情他们，无视他们，甚至有点儿蔑视他们。他们任由我们摆布。拉姆齐夫人消逝了，死去了，她想。我们可以凌驾于她的意愿之上，更正她那些带有局限性的落伍观念。她正在退后，离我们越来越远。怀着一丝嘲弄，莉莉仿佛看见她站在岁月长廊的尽头，说的全是不合时宜的话："结婚，结婚！"（黎明时分，她笔直地坐在那儿，外边的花园里传来几声鸟叫。）你将不得不告诉她，事情的发展完全违背了您的意愿。他们有他们那样的幸福，我有我这样的幸福。生活已面目全非。拉姆齐夫人的整个存在，甚至于她的美貌，片刻之间已经落满尘埃，陈旧过时。有那么一会儿，莉莉站在那里，被太阳晒得后背发烫，她在心里总结雷利夫妇的生活，觉得自己战胜了拉姆齐夫人，她永远不会知道保罗待在咖啡馆，而且他有了情妇；不会知道他坐在地上修车，明塔给他递工具的情景；不会知道莉莉站在这里作画，没有嫁人，甚至没有嫁给威廉·班克斯。

拉姆齐夫人早有打算。若是她还活着，她也许会强迫他们结婚。早在那年夏天，拉姆齐夫人就对她说，威廉·班克斯是"最善良的男人"。他是"他那一代第一流的科学家，我丈夫说的"。他又是"可怜的威廉——我去看望他时，发现他的屋里没有一件像样的东西，真叫我难受——连花儿都没人插"。因此，她经常让他俩一块儿去散步。拉姆齐夫人带着那种难以捕捉、微不可察的嘲讽告诉莉莉，她有科学的头脑，她喜欢花儿，她如此严谨。莉莉在画架前面进退了几步，她想知道，拉姆齐夫人为何如此热衷于婚姻问题。

（突然之间，突然得就像流星划过夜空，她的脑海里仿佛燃起一道红色的火光，那火光是从保罗·雷利身上发出的，将他笼罩。它宛若遥远海滩上的野蛮人为某场庆典燃起的熊熊篝火。她听见了喧闹声和噼啪声。周围几英里的海面被映得一片金红。其间夹杂着酒的芬芳，让她沉醉，因为她再次产生了纵身一跃，跳下悬崖，为了寻找海滩上的一枚珍珠胸针而葬身大海的鲁莽冲动。喧闹声和噼啪声让她心生恐惧与厌恶而退缩不前，仿佛她在看到它的壮美和力量之时，也看到了它如何贪婪地、可恶地吞噬这幢房子的财富，因此她憎恶它。但是，作为一道景致，作为一种荣耀，它胜过她以往经历过的一切事物，它如同大海尽头一座荒岛上的烽火信号，年复一年地燃烧。只要有人说出"恋爱"这个词儿,保罗身上的火焰就会立刻燃起,就像现在这样。火势渐弱,她笑着对自己说,"雷利夫妇";她想起保罗是如何到咖啡馆去下棋的。)

她想,她只是侥幸逃脱吧。她一直在注视那块桌布,突然一个念头闪现:她要把那棵树移到画面正中,而且她永远不需要嫁给任何人,她为此感到欣喜若狂。她曾经觉得,现在她可以勇敢地直面拉姆齐夫人了——对拉姆齐夫人驾驭他人的非凡能力表示敬意。做这事儿,拉姆齐夫人只要开口,人们就会照办。就连窗户上映出的她与詹姆斯在一起的影子也具有无上的权威。莉莉还记得威廉·班克斯对于她无视母与子的重大意义感到多么震惊。难道她不欣赏他们的美吗?他说。可是她又想起,威廉睁着那双孩子般的聪明眼睛,听她解释画中没有不敬之处:只是那里的光亮需要一片阴影,等等。她无意贬低他们公认的拉斐尔曾虔诚表现过的主题。她可不是愤世嫉俗。恰恰相反,她对此没有丝毫不敬。多亏了他的科学头脑,他领会了她说的——这证明他具有公正无私的理解力,这令她大为欣赏,备感安慰。这样的话,她就可以严肃认真地和一个男人讨论绘画了。说真的,他的友谊一直是她生活中的乐趣之一。她爱威廉·班克斯。

他们一起去汉普顿宫①,他拥有无可挑剔的绅士风度,总是在河边溜达,留给她足够的时间去洗手间。他们的关系一贯如此。许多事情都心照不宣。于是,一个又一个夏天,他们在庭院中漫步,欣赏庭院的比例和花草,他跟她谈天说地,关于透视、关于建筑,走着走着,他会停下来端详一棵树,或者眺望湖上风光,或者欣赏一个孩子——(没有女儿——他莫大的遗憾)神情迷离而淡漠,这副表情出现在一个大多数时间都待在实验室的男人的脸上很自然,因为他一走出实验室,外面的世界似乎就让他眼花缭乱,因此他走得很慢,抬起手来遮住眼睛,停下脚步,脑袋往后一仰,只是为了深吸一口气。然后,他会对她说,他的管家休假了,而他必须买一块新地毯铺楼梯。也许她会愿意陪他一起去买一块新地毯。有一次,聊着聊着,他

---

① 前英国皇室官邸,位于伦敦西南部泰晤士河边的里士满。

聊到了拉姆齐夫妇，于是他说他第一次见到拉姆齐夫人时，她戴着一顶灰色的帽子，那时她还不到十九或二十岁，美得动人心魄。他站在那儿俯视汉普顿宫的林荫路，仿佛在喷泉之间看到了她的倩影。

莉莉的目光此时落在客厅的台阶上。她透过威廉的眼睛，看见一个女人的身影，沉静安详，目光低垂。她坐在那儿沉思冥想（那天她穿着灰色的衣服，莉莉觉得）。她眉眼低垂，她从来不会扬起自己的眉眼。是的，莉莉目不转睛地心想，我一定见过她那样的神情，但她不是穿着灰衣服，也没有这么沉静、这么年轻、这么安详。那个身影呼之欲出。正如威廉所说，她美得动人心魄。但美不是一切。美有这样的缺陷——它来得太轻易，来得太彻底。它让生命静止了——冻结了。它使人忘却了那些小小的悸动；那一抹潮红、那一阵惨白、某种怪异的扭曲、某种光亮或阴影，那些会让某副面孔一时难以辨认，却也平添一种叫人永世难忘的特征。在美的掩饰之下，将这一切轻轻抹平固然更简单，可是，莉莉想知道：当拉姆齐夫人匆匆戴上一顶猎鹿帽的时候，或者当她跑过草坪的时候，或者当她责备园丁肯尼迪的时候,她是什么样的神情?谁能告诉莉莉这个?谁能帮助她?

她从沉思中违心地浮出水面,发现自己已经有一半游离在画外,她略显茫然地望着卡迈克尔先生,像是在望着什么虚无缥缈的东西。他躺在椅子上,双手合拢,搁在他的大肚皮上,不是在看书,也不是在睡觉,而是像一只饱食终日的动物一样晒着太阳。他的书已掉落在草地上。

她想直接走到他跟前叫一声,"卡迈克尔先生!"他定会抬起那双雾蒙蒙的绿眼睛,仁慈地看着她,一如平常。可是人只有在知道自己想要对别人说什么的时候才会唤醒他们。而她想要说的不是一件事,而是一切。但只言片语只能打断思路,割裂思绪,什么也表达不了等于什么也没说。"关于生命,关于死亡;关于拉姆齐夫人"——不,她想,她其实无人倾诉,无以言表。千钧一发的紧迫感总会与目标失之交臂。词语飘飘扬扬落向一侧,撞上目标下方几英寸之处。于是人们就放弃了,于是那个念头又沉入心底,于是他们又变得像大多数中年人那样,谨小慎微,遮遮掩掩,眉间刻着皱纹,脸上挂着常年不散的愁云。因为人们如何能用语言表达肉体的情感？表达那儿的空虚寂寥？（她正凝视着客厅的台阶，怎一个空字了得。）这是人们肉体上的感受，不是心灵上的。伴随着看起来空荡荡的台阶而来的那种身体感受突然让人极度不快。那种求之不得，让她的全身都变得硬邦邦、空落落、紧绷绷。随后，那种求之不得——求索和索求——让她的内心饱受蹂躏煎熬，又一而再、再而三地蹂躏她的内心！噢，拉姆齐夫人！她默默呼唤，呼唤那个坐在船旁的存在，那个由拉姆齐夫人构成的抽象的存在，那个穿着灰色衣服的女人，莉莉似乎在责怪她的离去，责怪她的去而复返。想念她似乎是很安全的事情。幽灵、空气、虚无，是白天黑夜间随时任你轻松安全地把玩的东西；她就一直是那样的存在，然而突然之间，她伸出手来，如此蹂躏你的内心。突然之间，空荡荡的客厅台阶、室内椅子的褶边、在露台上打滚的小狗、花园的风吹草动和窃窃私语，都变成了好似围绕一个完全空虚的中心的曲线和蔓藤花纹。

"这是什么意思？您怎样解释这一切？"她再次转向卡迈克尔先生，很想问问他。因为在清晨的这一刻，整个世界仿佛溶化成思想的水塘、现实的深潭,她几乎可以想象,如果卡迈克尔先生开口说话,就会有一滴小小的眼泪打破水面的平静。那么然后呢?什么东西会浮现出来。一只手伸出来,一把刀闪出寒光。这当然是嘳言呓语。

她产生了一个奇异的想法,觉得他还是听到了她未能说出口的话。他是个让人捉摸不透的老头儿,胡子上沾着黄色污渍,带着他的诗歌和他的不解之谜,从容沉着地游历在一个满足了他所有欲求的世界,她甚至觉得他只需从他躺着的草坪上放下手,就能够捞起他所需要的任何东西。她看着自己的画。他的回答大概会是这样——"你""我""她"都是匆匆过客,终会消失,什么都不会留下,一切皆是无常;除了文字,除了绘画。她想,然而它会被挂在阁楼里,它会被卷起来,扔到沙发底下;但即便如此,即便是这样的一幅画,它也是真实的。可以说,就算是这种信笔涂鸦,就算不是那种真正的画作,而是它所尝试传达出的东西,它也会"永存"。她想要这样说,或者无言地暗示,因为这些话即使在她自己听来都觉得大言不惭了;看向这幅画时,她惊讶地发现自己无法看见它。她的眼中充满了滚烫的液体（起初她没想到是眼泪），虽然她嘴角的坚毅线条并未被牵动，但泪水模糊了视线，顺着面颊滚落下来。她拥有绝对的自控力——哦，是的！——在其他任何方面。那么她是在为拉姆齐夫人而哭，并不曾意识到任何愁绪吗？她再次对老卡迈克尔先生说话。那么这是什么？这是什么意思？会有什么伸出手来抓住你吗？那把刀会伤人吗？那手会攥紧拳头吗？没有安全可言吗？这个世界的规则无法被人通晓吗？没有向导，没有庇护，只有奇迹，只能从塔尖纵身跃入空中？莫非，即便是在老年人看来，这也是人生？——惊心动魄、意想不到、不为人知？有那么一瞬间，她觉得如果他们两人都站起身来，此时此地，在草坪上，要求得到一个解释——它为何如此转瞬即逝？它为何如此令人费解？如果他们像两个准备齐全得让一切都无从遁形的人那样说话，要求一个解释，口气强硬激烈，那么，美会自行卷缩，那处空间将会被填满，那些空虚的花纹会构成具体的形状；如果他们的声音足够响亮，拉姆齐夫人就会回来。"拉姆齐夫人！"她大声呼唤，"拉姆齐夫人！"眼泪顺着她的面颊滚落。

6

［麦卡利斯特的儿子拣出一条鱼，从它的一面割下一方块鱼肉，钩在钩子上当鱼饵。那尾残缺的鱼（它还活着）被掷回了大海。］

7

"拉姆齐夫人！"莉莉喊道，"拉姆齐夫人！"但什么也没发生。痛苦倍增。她想，那极度痛苦竟会让人愚蠢到如此地步！还好，那老人没有听见她的声音。他还是那样和蔼，那样安详——如果你愿意这样想的话——也可以说是庄严崇高。谢天谢地，没人听见她那丢脸的喊声，结束痛苦吧，结束吧！显然她还没有失去理智。没人看见她跨出脚下狭窄的木板，使自己消失在海水中。她还是一个手执画笔的瘦削老姑娘。

现在，那索求的煎熬和那满腔的怨恨稍稍得到缓解（就在她想到自己永远不会再为拉姆齐夫人伤心哀痛的时候，她收敛了那些情绪。她坐在那些咖啡杯中间吃早餐的时候，有没有想念拉姆齐夫人？丝毫没有）；从它们留下的痛苦中解脱，这感觉如一剂解药，它本身就是止痛膏，而且更神秘的是，它让她产生一种某个人在场的感觉，她感觉拉姆齐夫人暂时摆脱了这个世界压在她身上的重负，轻飘飘地驻留在她的身旁（因为这是闪耀着美丽光环的拉姆齐夫人），接着把她离世时戴的一只白色花环举到额际。莉莉又挤了挤颜料。她在攻克那一片树篱。真不可思议，她看见了拉姆齐夫人，多么清楚，拉姆齐夫人一如往日那般轻盈敏捷地越过微微发紫、柔软起伏的田野，消失在风信子或百合花中间。这是画家的眼睛玩的某种戏法吧。在她得知拉姆齐夫人死讯后的许多天里，她都看见她像现在这样把花环戴上额头，毫不迟疑地和她的同伴——一个影子——走过那片田野。那个景象，那个片段，自有抚慰人心的力量。无论她正好身在何处作画，在此处，在乡间，或者在伦敦，这个幻象总会浮现在她的眼前，她双眸微闭，为自己的幻象寻找承载的基座。她俯视火车车厢、公共马车，沿肩膀或面颊选取一条轮廓线，她观看对面的窗户，遥望夜晚灯火璀璨的皮卡迪利广场①。一切都已是那片死亡田野的一部分。可是总有什么东西——也许是一张脸，一个声音，一名报童在喊"《旗帜报》《新闻报》"——突然冒出来，斥责着制止她、唤醒她，努力吸引她的注意力并最终如愿，所以那幅幻象就需要不断地被重新塑造。现在又是这样，受到对海阔天空的某种本能渴求的触动，她看着脚下的海湾，用波浪形的蓝色线条勾勒小山丘，用紫色画面表现乱石原野，她像往常一样，又一次被某种不和谐的东西惊醒。海湾中间有一个褐色的斑点。那是一条船。没错，她几乎立刻就意识到了。但是谁的船呢？拉姆齐先生的船，她答道。拉姆齐先生；那个曾企求她的同情却被她拒绝的男人，那个穿着精致的皮鞋，率领一支队伍从她身边走过，淡漠地向她举手致意的男人。现在那条船已经驶过了大半个海湾。

那天早上，天朗气清，偶有轻风拂过，碧海共长天一色，船帆仿佛高悬在空中，云朵仿佛坠入了海中。茫茫大海上，

---

① 皮卡迪利广场是伦敦索霍区的娱乐中枢。

一艘轮船在天空勾出一道浓烟，它翻滚升腾，弥漫缭绕，点缀着这片碧蓝；海面上的空气好似一层薄雾轻纱，温存地把万物笼进它的网中，轻柔地摇啊摇晃啊晃。有时晴空万里，悬崖峭壁仿佛觉察得到从它身边驶过的舫舟，那些舫舟仿佛也意识得到悬崖峭壁的存在，好像它们彼此用信号传递着只属于它们的信息。灯塔有时离海岸很近，而在今早的苍茫雾霭中，却显得遥不可及。

莉莉远眺大海，想着："他们现在到了什么地方？"那个胳膊下夹着一只牛皮纸包默然走过她身边的老迈龙钟的男人，他到了什么地方？那条小船正在海湾的中心。

8

他们在那儿什么都感觉不到，卡姆望着在起伏不定之间渐行渐远、越发安宁的海岸想道。她的手在水面划出一道痕迹，绿色的漩涡和波纹在她脑海里交织成各种图案，她像是被什么给罩住了，呆滞麻木，她已神游到水下世界，在那儿，串串珍珠粘连在一簇簇雪白的浪花上，在绿光的照耀下,她的整个心灵都起了变化,她的身体裹在一件绿色的斗篷里,焕发出半透明的光泽。

后来,在她的手周围,涡流减弱了,水流不再湍急;世界充盈着轻微的吱吱嘎嘎声。波涛飞溅着拍打船舷的声音萦绕耳际,好像他们已经在港口停泊。万物与人近在咫尺。船帆完全耷拉了下来;詹姆斯目不转睛地盯着船帆,一直盯着,仿佛他们似曾相识。船停了下来,在似火骄阳下悠悠摇摆,等待起风;小船靠不到海岸,也够不着灯塔。仿佛天地万物都静止不动了。那座灯塔岿然不动,远处的海岸线也纹丝不动。日头越发毒辣,似乎每个人都挨得非常近,都感知到了之前他们几乎忘却的彼此的存在。麦卡利斯特的钓鱼线笔直地垂入水中。而拉姆齐先生照旧蜷腿读书。

他在读一本磨旧的小书,书的封面斑驳如珩鸟的蛋。他们在那可怕的风平浪静中徘徊不前,而他时不时地翻过一页书。詹姆斯觉得他每翻动一页的独特姿势都是冲着自己来的:时而独断专行,时而发号施令,时而楚楚可怜。在他的父亲一页一页地翻阅小书的这段时间里,詹姆斯始终惶惶不安,唯恐父亲会突然抬头,对他说些刻薄的话。

他们为什么会滞留在这儿?他会问,或诸如此类不通情理的问题。詹姆斯想,如果他真这样做了,我就拿起一把刀,直捅他的心脏。

拿刀捅入父亲心脏这个由来已久的念头早已化为一种象征印在他的脑海里。只是现在,年岁渐长的他坐在这儿,闷着一腔有气无力的怒火瞪着父亲的时候,他才意识到自己想要杀死的不是父亲,不是那个看书的老人,而是降临在父亲身上的那东西——而父亲自己可能浑然不觉:那头鹰怪猛地张开黑色的翅膀,恶狠狠地朝你扑来,用它那冰凉坚硬的爪子和利喙一而再、再而三地向你发起攻击(他能感觉鹰喙在啄击他裸露的腿部,他孩提时曾被啄击过的位置),随后它匆匆飞走,而父亲又回来了,一个黯然神伤的老人,正在看他的书。那鹰怪是他要杀掉的,他要直刺它的心脏。无论他做什么——(他遥望灯塔和遥远的海岸,感觉自己做什么都有可能),无论他供职于公司,还是银行,是当律师,还是企业主管,他都要与那鹰怪斗争,他都要追捕并消灭他所谓的暴政和专制——强人所难,剥夺他们说话的权利。当他说"到灯塔去"的时候,他们中有谁能辩一句"可我不想去"呢?做这个。给我拿那个。那双黑色的翅膀张开了,那只坚硬的鹰喙撕咬着。而下一刻,他就坐在那儿读起书来;他可能会抬头——谁知道呢——他看起来相当通情达理。他可能会和麦卡利斯特父子闲聊。他可能会把一金镑塞进街头某个冻僵的老妇手中,詹姆斯想,他可能会为渔民们的嬉戏娱乐叫好助威,他可能会兴奋得挥舞双手。或者,他可能会坐在桌首,一顿饭吃下来不吭一声。是这样的,小船在炎炎烈日下随波漂浮时,詹姆斯思绪起伏。有一片积雪覆盖、乱石丛生的荒原,酷寒、萧索;近来父亲有什么让人惊诧的言行举止时,他常常感觉那片荒原上只有两对足迹,他自己的和他父亲的。只有他们彼此相知。那么这种恐惧和这种恨意又因何而生呢?往昔岁月如无数树叶将他包围,他转身走入其中,凝视着密林深处,林中光影交错,以至于一切形态都被扭曲了,他在其中跌跌撞撞,忽而阳光刺眼,忽而暗影蔽目,他找寻到一个形象,可以让自己的感情在一个具体的形态中冷却下来,超脱出去,圆满而终。能否假设他是一个幼童,无助地坐在童车里或某人的膝头,看着一辆马车浑然不觉地碾过某个人的脚？假设，他先看见了草地上的那只脚，光滑而完整；然后他看见了车轮；然后他看见那只脚，在一片绛紫之中，被碾碎了。但那车轮可不是存心的。所以如今，当他的父亲一大清早大踏步沿走廊而来，敲门唤他们到灯塔去的时候，那车轮就像这样碾过了他的脚，碾过卡姆的脚，碾过了所有人的脚。人们只能坐视这一切发生。

但他想到的是谁的脚呢，这一切发生在哪座花园呢？因为人们总得为这些情节布置背景吧：长在那儿的树、花儿、某道光、几个人物。这一切倾向于被布置在一座没有一丝阴郁气氛的花园。那里没人这样指手画脚，人们用寻常的口吻说话。他们整天进进出出。厨房里有个喋喋不休的老婆子；百叶窗被微风吸进又吐出；一切都在呼吸，一切都在生长；一到晚上，所有碗碟、所有高昂摇曳的红黄花朵，都被盖上一层薄如蝉翼，如同一片葡萄叶儿的黄色纱幔。夜深之际，万物越发漆黑寂静。但那葡萄叶儿般的纱幔如此精妙纤柔，光能将它浮起，声音能让它起皱；透过这层纱幔，他看见一个弯身的人影儿，听见忽近忽远的脚步声，还有衣裙沙沙作响，项链叮叮当当。

正是在这个世界,车轮碾过某人的脚。他记得,有什么东西在空中停留、挥舞,有什么渴血、尖锐的东西恰好落在那儿,如一柄利刃、一把弯刀,在那个幸福的世界摧花伐叶,使其枯萎凋零。

"明天会下雨,"他记得他的父亲这样说道,"你们去不成灯塔了。"

当时,那座灯塔对他来说,是一座银色的朦胧宝塔,长着一只黄色的眼睛,黄昏时分会突然温柔地睁开。而现在——

詹姆斯望着灯塔。他可以看见被海水冲刷得发白的岩石;那灯塔,了无生气地僵立着;他可以看见塔身上那一道道黑白线条;他可以看见里面的窗户;他甚至可以看见洗过之后摊在岩石上晾晒的衣物。所以,这就是那座灯塔,是吗?

不,另外那个也是这座灯塔。因为,没什么东西只是单一的。另外那座灯塔也是真实的。隔着海湾有时很难看得真切。黄昏时分,他们坐在凉风习习、阳光和煦的花园里,抬起头,就能看见那只眼睛一开一闭,那灯光似乎能一直照到他们的身上。

但是他打住了自己的遐思。每当他说起"他们"或"一个人"并且随后开始听见某人来时衣裙窸窣、走时项链叮当的时候,他便对房间里无论什么人的存在都极为敏感起来。现在是他的父亲。气氛紧张压抑。因为要是过会儿还没起风的话,他的父亲便会索性把书啪地一合,说道:"现在怎么回事?我们干吗要在这儿耗着,啊?"就像曾经有一次,父亲的刀锋直落向露台上的他和母亲,她便全身挺直,要是他手边有一把斧子、一柄刀,或者任何锋利的东西,他会一把抓起,直刺他父亲的心脏。他的母亲全身挺直,接着她的手臂松开了,于是他感觉她没有在听他说话了,不知怎的,她仿佛飘然离去了,留他一人在那儿,虚弱无力、狼狈可笑地瘫坐在地板上,手里抓着一把剪刀。

一丝微风也没有。海水在船底咕嘟咕嘟地浅笑,三四尾马鲛鱼在浅得没不住它们身子的水里拍打着尾巴。拉姆齐先生随时(詹姆斯简直不敢看他)都可能惊醒过来,合上书,说出什么刺耳的话来;但这会儿他还在看书,于是詹姆斯悄悄沉浸在自己的思绪里——那种感觉就像光着脚丫偷偷摸摸溜下楼梯，生怕地板嘎吱作响，惊醒了看门狗——她是什么模样，那天她去了哪里？他开始跟在她的身后，从一个房间走到另一个房间，最后他们来到一间闪着幽幽蓝光的房间里，那些光仿佛是从许多瓷制餐具上反射出来的，她和什么人说着话；他听着她说话。她在和一个仆人交谈，想到什么就说什么。只有她才说真话，他也只对她一个人才说真话。于他而言，她那经久不衰的魅力大概就源自于此吧；她是一个让你能对她畅所欲言的人。但不管何时，他一想到她，总会意识到父亲正在追随他的思绪，审视它，让它战栗畏缩。最终他不再想了。

在阳光下，他手握舵柄，凝视灯塔，无力动弹，无力拂去一粒接一粒地落在心上的痛苦尘埃。似乎有一根绳子把他捆在那里，他的父亲给绳子打了结，他只有拿刀刺穿……才能逃脱。但就在那一刻，船帆缓缓转了向，慢慢被海风鼓起，小船似乎打了个激灵，半睡半醒间迷迷糊糊地动身了，随后它醒了过来，劈波斩浪，飞驶而去。这种解脱真是妙不可言。他们似乎又都与彼此拉开了距离，如释重负；那条从船舷斜抛出去的钓鱼线绷得紧紧的。但他的父亲并没有被惊动。他只是神秘莫测地高举右手,又让它落回到膝盖上,仿佛在指挥一首神秘的交响曲。

9

[没有一丝污垢的海面啊,莉莉·布里斯科若有所思,她还站在那儿远眺海湾。海面如丝绸般铺满海湾。距离有一种奇妙非凡的力量;她感觉,他们被吞没其中,他们不复存在,他们已然融入天地万物。碧波浩渺,风平浪静。轮船本身已经消失了,但那一道浓烟依旧悬在空中,低垂着,像一面哀哀惜别的旗帜。]

10

原来它是那般模样,那座岛屿,卡姆想着,又一次把手指浸入水里,让浪花从指间冒出。她以前从来没有在海上瞧过它。它就那样躺在海面上,确实如此,中间有一处凹陷,两旁峭壁陡立,海水涌入凹处,又从岛的两边远远地蔓延开去。岛很小，形状有点儿像一片立着的树叶。于是我们乘着一叶小舟，她浮想联翩，开始给自己讲述一个从沉船上逃生的历险故事。海水流过她的指缝，一丛海藻在手指后面消失了；其实她并非真的想给自己讲一个故事，她需要的是历险和逃生的感觉，因为小船航行之时，她在想，她的父亲因为她不懂罗盘方位生出的怒气、詹姆斯对那份盟约的固执，还有她自己的痛苦，怎么全都悄然离去，全都消逝不见，全都随波漂走了？那么接下来会发生什么呢？他们要到什么地方去呢？从她深深插入海水的冰冷的手中喷射出一股快乐的泉水，这股水流的源头是刚才的那番变化，是逃生和历险（她竟然还活着，她竟然到了那儿）。这不知不觉意外涌出的快乐之泉溅起滴滴水珠，落在她心中那些黑压压、昏沉沉的幻影上；幻影属于意识之外的一个世界，黑压压的它们翻滚旋转，从这里或那里捕捉一道光亮：希腊、罗马、君士坦丁堡。这座小岛的形状像一片立着的树叶，海水泛着金灿灿的光，连绵不绝地涌入岛间，在它周围奔腾蔓延，她想，即使渺小如它，在宇宙中也有自己的位置——不是吗？

她想,书房的老先生们能告诉她答案吧。有时候,她故意从花园溜达进去,看看他们在干什么。他们都在那儿(和她的父亲坐在一起的可能是卡迈克尔先生或班克斯先生),面对面地坐在低矮的扶手椅上。她从花园进来的时候,只见摆在他们面前的《泰晤士报》一页页地被翻得沙沙作响,消息全都乱糟糟地堆在一块儿:某人说了关于耶稣基督的什么事儿,或者从伦敦街头挖出了一头猛犸象骸骨的传闻,或者拿破仑长什么样的猜测。然后,他们用干净的手(他们身着灰色衣服,他们散发着欧石南的味道)拿起这一切,把散着的报纸归拢到一堆,翻看查阅,跷着腿,偶尔言简意赅地交流着。为了自娱自乐,她会从书架上取下一本书,站在那儿,看她的父亲写字,从纸张的一头写到另一头,他写得均匀整洁,偶尔轻咳一声,或与对面的老先生简短地说上几句。她站在那儿,把书摊开,心想,在这儿,人们可以让思绪自由徜徉,如同漂在水中的一片树叶;如果它能在吞云吐雾的老先生和沙沙作响的《泰晤士报》中间自由徜徉,那么它就是正确的。看她的父亲在书房里写字(现在他们坐在船上），她觉得，他并非虚荣自负，也不是暴君，而且不想让你怜悯他。真的，如果他看见她站在那儿读一本书，他还会像所有人那样温柔体贴地问她：没有什么他能帮到她的地方吗？

唯恐这个念头是错的，她看着他，他正在读那本磨旧的封面斑驳如珩鸟蛋的小书。不，这个念头没有错。现在看看他啊，她想大声对詹姆斯说。（但詹姆斯的目光定在船帆上。）他是一头尖刻的畜生，詹姆斯会说。他总能把话题扯到他自己和他的书上，詹姆斯会说。他狂妄自大，让人受不了。最糟糕的是，他是个暴君。但你看啊！她说，看看他。现在看看他。她见他屈腿而坐，读着那本小书；她熟悉那泛黄的书页，却对上面的内容一无所知。书很小巧，上面的字印得密密麻麻；她知道，在空白页上，他写下了自己为晚餐花了十五法郎，葡萄酒花了多少钱，服务员的小费给了多少；所有开销都一目了然地加起来写在页底。但是这本被他放在口袋里磨光了边角的书上写了什么，她并不知道。他在想些什么，他们谁也不知道。他沉浸在书中，但像此时这般抬首仰望片刻，也不是要看什么，而是要让某个想法更为清晰明朗。一旦达成目的，他便会再次收回思绪，潜心读书。她觉得，他读书的神态好似在为什么引路，或似赶着一大群羊，或似不断奋力攀登在一条狭窄的孤径上。有时候，他快步流星一路直行，披荆斩棘一往无前，而有时候，他又似乎被树枝打到了，被荆棘遮目迷失了方向，但他决不让自己被这些阻碍打败；他勇往直前，翻过了一页又一页。于是她继续给自己讲述那个从沉船上逃生的故事，因为他坐在那儿时，她是安全的；安全，这感觉似曾相识，一如那时她从花园偷偷溜进书房，取下一本书，而那位老先生突然放下手中的报纸，说了些关于拿破仑个性的只言片语。

回过头，她的目光越过海洋，落到那座岛屿上。但这片树叶正失去它清晰的轮廓。它非常渺小，非常遥远。现在大海比海岸更伟大。波涛在他们四周激荡起伏，一根大木头在一个浪头下面打滚，一只海鸥展翅翱翔于另一个浪头之上。她用手指玩着水，心想，大约就在这儿，曾有一条船沉入了海底。她梦呓般喃喃道，我们死去，各自沉没。

11

那么一切完全取决于……莉莉·布里斯科看着没有一丝污垢的海面——船帆与白云似乎都镶嵌在这一片湛蓝之中,心想,一切完全取决于距离,取决于别人离我们是远是近;因为随着拉姆齐先生乘船越过海湾,渐行渐远,她对他的感觉起了变化。它似乎被拉长了,舒展开了;他似乎离她越来越远。他和他的孩子们似乎被那片湛蓝、那段距离吞没;但在这儿,在草坪上,近在咫尺之处,卡迈克尔先生突然打了一声呼噜。她笑了。他一把抓起掉在草地上的书。他又坐进椅子里面,像某种海怪一样呼哧呼哧喘着气。这完全是另一番情形了,因为他离得这样近。现在一切复归平静。她猜想,这个时候他们定是起床了吧,她看着那幢房子,可那儿悄无声息。不过随后她想起,他们总是一吃完饭就走开,各自去忙各自的事情。这正与清晨时分的这份静谧、空寂和虚幻和谐一致。事物有时候就有这样的一面,她沉思片刻,看着闪耀着阳光的长窗和那缕蓝色的轻烟:它们会成为病症。在习惯尚未把自己织进事物的外表，织成一张密网之前，人们会有同样虚幻的感觉，这种感觉如此惊心动魄；你会感到什么东西浮现了出来。这时候，生活最鲜明生动。你自由自在。真幸运，你不必穿过草坪迎上走出来找个角落坐会儿的贝克威思夫人，用轻快活泼的语气打招呼："噢，早上好，贝克威思夫人！今儿天气多好！您还真敢坐在太阳底下晒呀？贾斯珀把椅子藏起来了。我去给您找把椅子吧！"诸如此类的客套话，全都可以免了。你根本无须说话。你滑行，你抖动自己的船帆（海湾里动静颇大，许多船只正扬帆起航），身处事物其中，又超然事物其外。海面不再空虚，充盈得像是快要溢出来。她仿佛深深地立在某种物质之中，在其间移动、漂流、沉没，是的，因为这些水域深不可测。无数生命已经倾注其中——拉姆齐夫妇的，孩子们的，此外还有无数漂泊迷途的芸芸众生的。一个挽着篮子的洗衣妇，一只秃鼻乌鸦，一株火把莲，一些绛紫和灰绿的花儿：某种共同的感情把这一切合为一体。

十年之前，她站在几乎和现在相同的位置上，也许就是某种这样圆满的感觉让她说出她一定是爱上了这个地方。

爱有一千种形态。可能有一种爱人，他们的天赋是挑出事物的某些要素，并且把它们放到一起，从而赋予它们一种在生活中并不具备的完整性；他们用一些场景和人们的相逢（现已全部散落消逝）制造一个供思想流连并让爱情嬉戏的紧实球体。

她的目光停在那个褐色的斑点上，那是拉姆齐先生的帆船。她猜想，他们午餐时间之前就能到灯塔吧。但是风大了起来，碧海蓝天起了微微的变化，船只改变了方位，片刻前似乎还奇迹般凝固如画的风景，这会儿看起来不尽如人意了。那道浓烟的痕迹让风给吹散了，船只的排列也叫人心生不快。

那边不协调的景象似乎扰乱了她心里的某种和谐。她隐隐感到焦虑不安。当她转向自己的画作时，这种感觉得到了证实。她一上午都在浪费时间。不知怎的，她无法在两股对立的力量——拉姆齐先生和这幅画之间获得平衡，而这种平衡至关重要。也许是构图有什么问题？是不是墙的线条需要断开，她暗自猜测，是不是树的色块过于浓重？她自嘲地笑了；下笔之时，她不是自以为已经解决了自己的问题吗?

那么问题出在何处?她一定要设法抓住那个回避她的东西。她一想起拉姆齐夫人,它就左躲右闪;现在,她一考虑她的画作,它也藏形匿影。词句涌现。幻影显现。瑰丽的画。优美的辞藻。但她想要抓住的是刺激她神经的那东西,是那件事物本身,是它未被加工成任何东西之前的本相。抓住它,重新开始;抓住它,重新开始;她义无反顾地说道,又一次坚定地站在画架前。她想,人类用以绘画或感觉的器官真是一台苦不堪言、效率低下的机器;关键时刻,它总是出毛病;你必须英勇无畏地强迫它运转下去。她蹙眉凝视。毫无疑问,树篱在那儿。但你急切地恳求,却一无所得。你盯着墙壁的线条,你想着——她戴了一顶灰色的帽子,这却只使你落得目眩眼花。她美得动人心魄。让它来吧,她想,如果它要来的话。因为,有的时候,人既不能思考,也没有感觉。如果人既不思考也没感觉,她想,那么人在何处呢?

在这儿,在草坪上,在地面上,她一边想着,一边坐了下来,用画笔拨弄着一小丛车前草,细细端详。因为草地非常不平整。在这儿,坐在天地间,她想,因为她没法儿摆脱这种感觉,认为今早的一切都是第一次发生,或许也是最后一次发生,就像人在旅途,就算是睡眼蒙眬地望向火车的车窗外,他也知道现在必须得看,因为他永远不可能再见到那座小镇,或那辆骡车,或在田间劳作的那位妇人了。这片草坪就是这个世界,他们一起在这儿,身处这处崇高的位置,她一面想着,一面望向老卡迈克尔先生,他似乎深有同感(尽管他们自始至终没有交流过一句话)。她或许再也见不到他了。他已垂垂老矣,而且,越发出名,想到这儿,她望着他那吊在脚上晃来晃去的拖鞋不禁笑了起来。人们说他的诗"如此优美"。他们还把他四十年前写的东西也找出来出版。现在有一位大名鼎鼎的人叫卡迈克尔,她脸上挂着笑,思索一个人可以展现多少种模样,他在报纸上是怎样的模样,但在这儿,他一如往昔。他还是老样子——只是头发灰白了不少。是的,他还是老样子,可她记得有人说过,当他得知安德鲁·拉姆齐的死讯后(他被炮弹瞬间夺去了生命,他本该成为一位伟大的数学家),卡迈克尔先生"失去了对生活的全部兴趣"。那是什么意思?

她想知道。他是否拄着一根粗大的手杖大步穿过特拉法尔加广场①？他是否独坐于他在圣约翰伍德的房间，书翻过了一页又一页，却没读进去一个字？她不知道当他得知安德鲁阵亡后做了些什么，但她依然能感受到那个消息对他产生的影响。他们在楼梯上碰面时只是含糊地互相问候一声；他们仰望天空，谈论天气是晴朗还是阴沉。她想，但这也算是了解人的一种方式：只抓轮廓，不求细节，就像坐在自家花园里眺望山坡的黛紫色彩延伸至远处的欧石南。她就通过这种方式认识他。她知道他多少有了些变化。她从没读过一行他的诗。她觉得她了解他的诗的风格——缓缓道来而铿锵有力，老练沧桑又温柔醇厚。诗里写的是沙漠和骆驼。写的是棕榈树和落日。它的立场极其客观；诗里写到了死亡，却甚少提及爱情。他自身就有一种超脱的气质。他几乎对别人毫无所求。当他胳膊下夹着报纸，步履蹒跚，笨手笨脚地走过客厅的窗户时，不总试图避开拉姆齐夫人

---

① 特拉法尔加广场，英国伦敦的著名广场，坐落在伦敦市中心，是为纪念著名的特拉法尔港海战而修建的，广场中央耸立着英国海军名将纳尔逊的纪念碑和铜像。

吗?出于某种原因,他不太喜欢她。因此,当然,她总要设法让他停下脚步。他会向她鞠躬。他心不甘情不愿地停下脚步,再向她深深鞠躬。气恼于他对她的一无所求,拉姆齐夫人会问他(莉莉可以听见)要不要件外套、小毯子、报纸?不,他什么都不要。(这时他又鞠躬。)她的身上有某种他不太喜欢的品质。也许是她的主人派头、她的自信满满、她在某些方面讲究实际。她就是这么直接。

(一阵响动把她的注意力吸引到客厅的窗户那里——铰链的嘎吱声。清风正在和窗户嬉戏。)

一定有人非常不喜欢她,莉莉想(是的;她意识到客厅前的台阶空荡荡的,但这对她毫无影响。她现在不需要拉姆齐夫人。)——有人觉得她过于绝对,过于严厉。

也许她的美貌也让人心生反感吧。多么单调乏味,他们会说,总是一副样子!他们更喜欢另一种类型——肤色黝黑,生气勃勃。还有她在她的丈夫面前软弱温顺。她听任他把场面弄得很难堪。再则,她含蓄内敛。没人知道她究竟是怎么了。而且(再回到卡迈克尔先生和他的反感),你无法想象拉姆齐夫人一整个上午都站在这儿作画,或躺在草坪上看书。那是不可想象的。她一声不吭,只有手臂上挽着的篮子表明她要出门办事,她动身去镇上,去穷人那里,坐在某间闷热狭小的卧室里。莉莉常常看到,当大家正在游戏或讨论之际,她手臂上挎着篮子,挺直身子,默默离去。莉莉留意过她的归来。莉莉曾半觉好笑(她有条不紊地整理茶杯)又半受感动(她的美令人窒息)地想到,那些正在痛苦中闭上的眼睛曾注视过你。你曾在那儿,和他们待在一起。

然后,拉姆齐夫人会因某人迟到,或黄油不新鲜,或茶壶有缺口这类事烦躁起来。在她一直絮叨黄油不新鲜的时候,人们会想起希腊神庙,想起美人曾与他们一起待在那间闷热狭小的房间里。她从来不谈及此事——她直接去,准时准点。到那儿去是她的本能,就像燕子南飞和菜蓟喜阳一样的本能,让她宿命般地转向人类,在他们的心中筑巢。而这,和一切本能一样,使不具备它的人稍感烦闷不安;对卡迈克尔先生来说,或许如此;对她自己而言,则肯定如此。他俩对这种行为的无济于事和思想的崇高伟大拥有共同的见解。她的探视于他们而言是一种耻辱,她的行为让这个世界朝不同的方向旋转，结果他们眼见着自己的偏见消失，他们不得不抗议，在偏见消失时紧抓着它们不放。查尔斯·坦斯利也做那种事，他不招人喜欢就有这方面的原因。他打破了别人世界的平衡。他现在怎么样了呢，她一边慵懒地用画笔拨弄着那一丛车前草，一边猜测他的境遇。他当上了研究员，结了婚；他住在戈尔德斯格林①。

  大战期间的某一天，她走进一所会堂，听见他在演讲。他在抨击什么现象，他在谴责什么人。他在鼓吹手足之爱。当时她只觉得，他怎么可能会爱跟他一类的人？他这类人辨别不出一幅画与另一幅画的区别，站在她的身后抽着劣质烟丝（"五个便士一盎司，布里斯科小姐"），自认为有责任告诉她女人不会写作，不会画画，其实倒不全是因为他相信这一点，而是出于某种古怪的原因，他希望如此。讲台上的他身材瘦削，涨红了脸，沙哑着嗓子鼓吹兄弟友

---

① 伦敦的一处区域。

爱（她的画笔惊扰了在车前草丛中爬来爬去的蚂蚁——精力充沛、闪闪发亮的红蚂蚁，真像查尔斯·坦斯利啊）。她坐在空着一半座位的会堂里，嘲讽地看着他往那个冷飕飕的空间倾注友爱。突然之间，那只随波上下漂浮的旧木桶，还是别的什么东西，还有拉姆齐夫人在卵石中寻找眼镜盒的情形又浮现在她的眼前。"噢，天哪！真讨厌！又不见啦。别麻烦了，坦斯利先生，我每年夏天都得丢上千个呢。"听到这话，他不禁缩回下巴紧贴领口，仿佛不敢认同她的夸张说法，但这话出自他喜欢的人之口，他还能忍受，遂莞尔一笑，魅力十足。他一定在大家各自散开并各自往回走的某次漫长远足的过程中向拉姆齐夫人吐露过心声。拉姆齐夫人曾告诉莉莉，他在资助自己的妹妹念书。这可真是难能可贵。莉莉用画笔拨弄着车前草丛，她心里清楚，自己对他的看法荒唐可笑。说到底，一个人对别人的看法多半都是荒唐的，都是为了满足自己的私心。于她而言，他就充当了出气筒的角色。她发现自己怒火中烧之际，就会在想象中鞭笞着他精瘦的双肋。如果她想认真看待他，就不得不借助于拉姆齐夫人的言论，通过拉姆齐夫人的眼睛去看他。

莉莉堆起一座小山，让那些蚂蚁来攀越。这一举动搅乱了它们的世界，使它们狂躁不安地四下乱窜，惶惶然不辨方向。

你需要五十双眼睛来观察，她陷入深思。要全方位观察那样一个女人，五十双眼睛都不够，她想。其中定有一双完全看不见她的美。你最需要的是某种完美如空气的秘密感官，它飘过锁眼，在她坐着编织、聊天或静静地独坐于窗前时笼罩着她，独家珍藏她的思想、她的想象和她的欲望，如同空气容纳那艘轮船喷出来的浓烟。那片树篱对她意味着什么，那座花园对她意味着什么，一朵浪花碎了，对她又意味着什么？（莉莉抬头仰望，就像她曾看到过拉姆齐夫人抬头仰望那样；她也听到了一波浪涛溅落在海滩上的声音。）当打板球的孩子们喊道："怎么了？怎么了？"她的心里又有什么在翻腾和颤抖？她会暂时停下手里的针织活儿，看上去神情专注。随后，她会再次走神，然而突然之间，正在踱步的拉姆齐先生在她的面前站定，某种奇特的战栗流经她的全身，当他站在那儿，低头看她的时候，那种战栗似乎将她纳入自己的怀中摇晃,直晃得她悸动不安。莉莉可以看见他。

他伸出手,把她从椅子上扶起。不知何故,好像他以前也曾做过这个动作;好像有一次,他也是这样弯下身子,把她从一条船上扶下来,那条船离岛还有几英寸,女士们理应在绅士们的帮助下上岸。那是一派老式的场景,几乎要由衬架支撑的女裙和陀螺形男裤才衬得上。由着他扶自己上岸之际,拉姆齐夫人心想(莉莉猜测):现在时机到了。是的,她现在就要说出来。是的,她愿意嫁给他。她缓缓地、沉默地迈步上岸。也许她只说了一句话,仍然把自己的手留在他的手心里。我愿意嫁给你,也许她是这么说的,她的手还被他握着,但再也没别的话了。他们之间一次又一次地传递着相同的悸动——显然是这样,莉莉一边想着,一边用画笔为蚂蚁扫平一条道路。她并非虚构编造;她不过是试图抚平多年前被人折拢起来的某种东西,她曾经目睹的东西。因为在那磕磕绊绊的寻常日子里,儿女绕膝,宾朋满座,你会不断地生出一种重演的感觉——有一件东西掉落在另一件东西曾经落下的地方,响起一阵回声,在空气中长鸣,震颤不已。

她想,可这样简化他们的关系是个错误吧;她想起他们手挽着手一同离开,走过那间温室。这可不是千篇一律的幸福生活——她冲动又性急,他忧郁而沮丧。噢,决不是。卧室的门一大清早就会砰的一声摔上。他会火冒三丈地从餐桌前跳起。他会嗖的一声把自己的盘子扔出窗外。于是整幢房子都像充斥着房门的乒乒乓乓声和百叶窗的噼里啪啦声,仿佛狂风大作,人们心急火燎地四散疾奔,关紧门窗,把一切拾掇得井然有序。某一天,就是在这样的情形下,她在楼梯上遇到保罗·雷利。保罗和明塔像两个孩子般,笑个不停,就因为拉姆齐先生早餐时在他的牛奶里发现了一只蠼螋,于是他把杯子,还有里面的牛奶和蠼螋,一起扔到了外面的露台上。"一只蠼螋",普吕惊叹不已地喃喃道,"在他的牛奶里。"别人发现的也许不过是蜈蚣。但是,他已经在自己周围筑起了一道神圣不可侵犯的围栏,威风凛凛地占据着里面的空间,以至于牛奶里的一只蠼螋在他的空间里也成了妖魔鬼怪。

但这让拉姆齐夫人感到倦怠,也让她有点儿受惊——

碟盘飕飕飞,房门砰砰响。有时,他们会长时间地僵持着、静默着,让莉莉在哀伤与忿恨中感到恼火,拉姆齐夫人似乎无法在风暴中镇定自若,战无不胜,或和他们一样,对此事付之一笑。但她的萎靡倦怠中或许还隐藏着什么东西吧。她陷入沉思,默然端坐。片刻过后,他会不声不响地徘徊在她的所在之处——徘徊在她坐着写信或聊天的窗前,因为在他经过时,她会故意很忙碌,躲着他,假装没看见他。于是他变得如丝般平顺,和蔼可亲,温文尔雅,力图讨她欢心。而她仍然会拒人于千里之外,而且此时她还会一度端出和她的美貌相匹配的冷傲,那是她平常从来不摆的架子;她会转过头,一直望着守在她身边的明塔、保罗或威廉·班克斯。他站在人群之外的身影像极了一只饥饿的猎狼犬,终于(莉莉从草地上站起身来,看着台阶、窗户——她曾看见他的地方),他会轻唤她的名字,只唤一声,活像一只在雪地里嗥叫的狼,但她仍然无动于衷;他会再唤一声,而这次,他的腔调中有什么东西触动了她,于是她会向他走去,蓦然撇下身后的人,然后,他们俩会并肩漫步于梨树、卷心菜苗圃和覆盆子花圃之间。他们会彼此讲个明白。但是,他们那时表现出了什么态度,说出了什么言语呢?他们的这种关系如此庄重,使得她、保罗和明塔转过身去,掩饰住自己内心的好奇与不快,开始摘花、扔球、谈天,直到晚饭时分,他俩回来了,他坐在桌子的一头,她坐在另一头,一如平常。

"为什么你们没人选择植物学?……你们都有胳膊有腿的,为什么没有人……?"就这样,他们一如平常,在孩子们中间谈笑风生。一切都一如平常,只是偶有一丝悸动,如划过空中的一把利刃,在他们之间来来去去,好像在梨树与卷心菜之间漫步一小时之后,就连孩子们围坐在汤盘前的平常场景,在他们看来,也让人耳目一新。尤其是,莉莉想,拉姆齐夫人会瞥一眼普吕。她坐在兄弟姐妹中间,似乎总在忙着照料,确保一切不出差错,所以她自己几乎不怎么说话。为了牛奶里的那只蠼螋,普吕肯定没少责怪她自己!拉姆齐先生把盘子扔出窗外时,她的脸色多么苍白!在父母长时间的沉默中,她是多么萎靡颓丧!不管怎么说,她的母亲现在似乎正在补偿她,向她保证一切都好,向她允诺有朝一日她也会享有同样的幸福。然而,这样的幸福，她只享受了不到一年。

拉姆齐夫人让花从她的篮子里掉出来，莉莉一边想着，一边眯起眼睛向后退，仿佛在观察自己的画，然而，她并没有碰画布，她所有的感官都已进入恍惚状态，她魂游象外，外表冻结，内心却汹涌疾速地流动。

她让她的花从她的篮子里掉出来，在草地上散落、滚动，她无可奈何又犹豫不决，却没有任何疑问或怨言地离去了——她不是拥有让人俯首听命的本能吗？她走过田野，穿过山谷，皎白明净，花香满地——莉莉本想那样画的。山峦质朴无华。岩石嶙峋，山高路陡。海浪冲击着山峦底下的岩石，发出粗重嘶哑的低吼。他们走了，他们三人一起走了，拉姆齐夫人飞快地走在前面，仿佛期待着在街角与某个人相会。

莉莉凝视着的那扇窗户后面突然映出蒙蒙的光亮，把窗户衬得发白。终于有人走进了客厅，有人坐在了椅子上。上帝保佑，她祈祷，就让他们安安静静地坐那儿，千万别犯糊涂，出来找她说话。幸好，不管是谁，那人安生地待在屋里，而且坐下的位置又幸运地在台阶上投射出一个形状奇特的三角形阴影。它略微改变了画面的构图。真有意思。说不准会有用。她又恢复了兴致。你得盯住了,一秒钟也不能放松那种激烈的情绪,决不可分心,决不能受迷惑。你得抓住那幅场景——像这样——紧紧钳住不放,别让任何东西掺杂进来,把它给糟蹋了。她从容不迫地蘸着颜料,心想,你要与日常经验处于同一层面,简简单单地感到那是一把椅子,那是一张桌子,但与此同时,你又要能感到那是一个奇迹,那是一种销魂的体验。这个问题终归是有可能解决的。啊,但是发生了什么?一道白色的波纹掠过窗玻璃。一定是空气在房间里搅动出某种动荡。她的心猛地扑向她,攫住她,折磨她。

"拉姆齐夫人!拉姆齐夫人!"她喊道,刚刚那恐惧又袭上心头——求索和索求,却不可得。拉姆齐夫人还是能带来那种煎熬吗?后来,莉莉安静了下来,仿佛她克制住了自己,那种煎熬也变成了日常经验的一部分,就跟那张桌子、那把椅子一样。拉姆齐夫人——她的影儿是她无瑕美德的一部分——只是坐在那儿,坐在椅子里,轻快地来回舞动着手里的毛衣针,编织着那双红棕色的长筒袜,把她的身影投射到台阶上。她就坐在那儿。

好像有某种东西一定要与人分享,然而莉莉却难以离开画架,脑海里充盈着自己的所思所见,莉莉手持画笔,走过卡迈克尔先生的身边,一直走到草地的边缘。现在那条船在哪里?拉姆齐先生在哪里?她需要他。

12

拉姆齐先生快要读完那本书了。他的一只手悬在书页上方,仿佛准备一旦读完就把这一页翻过去。他坐在那儿,没戴帽子,被海风吹乱了头发,完完全全暴露于自然之中。他看上去非常苍老。他的头时而倚靠那座灯塔,时而衬托流向开阔海域的浩荡水流,他看上去,詹姆斯想,就像躺在沙滩上的古老岩石;他看上去已成为一直驻扎在他俩心灵深处的某种感觉的化身——孤独,于他们俩而言,那就是万物之真谛。

他看书很快,仿佛急于翻到最后。现在他们的确已经非常靠近灯塔了。它赫然在目,光秃秃、直挺挺,黑白两色耀眼刺目,你可以看见浪花飞溅在岩石上,激起无数碎玻璃般的白色碎片。你可以看见岩石的纹理和褶皱。你可以清楚地看见那些窗户,其中一扇糊上了一小块白色,岩壁上长着一小丛青苔。一个男人走了出来,拿望远镜朝他们望了望,又进去了。原来是这般模样,詹姆斯想,这么多年隔海相望的灯塔——一座光秃秃的塔位于一块赤裸裸的礁石上。他满意了,它证实了他对于自己性格的某种朦胧感觉。他想起了自家的花园,想起那些老太太们拖着椅子在草坪上走来走去的场景。比方说贝克威思太太吧,总是唠叨多美呀,多可爱呀,他们应该感到多骄傲,多幸福呀。可实际上呢,詹姆斯看着耸立在岩石上的灯塔,心想也不过如此。他看着自己的父亲,紧盘着腿,发狂地沉迷在书中。他们拥有相同的认知。"我们在风暴来临前启航——我们注定沉没。"他开始自言自语,半压着声音,腔调与他的父亲一模一样。

似乎好久都没人开口说话了。卡姆看海也看厌了。一些黑色的软木小碎块漂流而过。船里装着的鱼已经死了。她的父亲仍在看书,詹姆斯看着他,她也看着他;他们曾誓死反抗暴政，他却自顾自地读他的书，全然不知他们的想法。他就这样逃脱了，她想。对，宽额大鼻的他，紧紧地握着身前那本色彩斑驳的小书，他逃脱了。你想对他下手，他却像小鸟一样展翅高飞，飘然掠至你远远够不到的某个地方，栖身于某截荒凉的树桩。她凝望着浩渺无边的大海。那座岛屿变得那样渺小，几乎不再像是一片树叶。它看上去就像一块岩石的顶端，稍大一点的浪头就能将它淹没。它脆弱的躯体却承载了那些幽径、那些露台、那些卧室——所有数也数不清的东西。但是，就像人在快要入睡之际，一切都简化了，结果恒河沙数的所有细节当中，只有一桩细节有力量伸张自己，因此，当她倦怠地望向那座岛屿时，她觉得，所有的小径、露台和卧室都在隐没消散，什么东西都不剩下，只有一只淡蓝色的香炉在她的脑海里有节奏地来回摇摆。它是一座空中花园；它是一座山谷，处处闻鸟啼，鲜花遍野开，还有羚羊……她渐渐睡着了。

"来吧。"拉姆齐先生突然合上书说道。

到什么地方来？要踏上什么非凡的探险之旅？她蓦然惊醒。到什么地方上岸？到什么地方攀登？他要带领他们走向何方?因为他在漫无止境的沉默之后突然开口,让他们吃了一惊。但这真是可笑。他饿了,他说。是吃午饭的时候了。此外,他又说,"看啊,那就是灯塔,我们快到了。"

"他干得不错,"麦卡利斯特夸赞詹姆斯道,"把舵把得很稳。"

但他的父亲从没夸赞过他一句,詹姆斯冷冷地想道。

拉姆齐先生打开纸包,把三明治分给大家。现在和这些渔民一起吃面包和奶酪,他很快活。詹姆斯看他用小刀把奶酪切成黄色的薄片,心想,他倒是愿意去住一间小木屋,在码头上闲逛,和别的老头儿一起唾沫横飞。

这就对了,就是这样的,卡姆一边剥着水煮蛋,一边继续体会。她现在的感觉一如当年在书房里看着老先生们读《泰晤士报》。现在我可以随心所欲地思考,不会跌落悬崖或溺毙大海,因为他在这儿,留意着我,她想。

与此同时,风驰电掣中,他们飞驰过一座又一座礁石,这真叫人兴奋——仿佛他们同时在做两件事情:他们在阳光下享用午餐,他们又从海难中死里逃生,在暴风雨中乘着小舟驶向安全地带。淡水够吗?干粮够吗?她问自己;

在给自己编造一个故事的同时，她也清楚什么是事实。

　　他们时日不多，快要离开这世界了，拉姆齐先生对老麦卡利斯特说道，但他们的孩子们还会看到一些新奇的事物。麦卡利斯特说他去年三月就满七十五岁了。拉姆齐先生今年七十一岁。麦卡利斯特说他从没看过医生，牙也一颗没掉。那就是我希望我的孩子们过的生活——卡姆肯定她的父亲正这样想，因为他不让她把三明治丢进海里，还告诉她，要是不想吃就该放回纸袋，仿佛他心里想的是那些渔民和他们的生活。她不该浪费。他说这话的语气是那样的睿智，仿佛对这世上发生的一切都洞若观火，她立马把三明治放了回去，然后，他从自己的纸包里拿出一块姜汁饼干递给她，她觉得，他就像一位风度翩翩的西班牙绅士，正将一枝花献给窗边的一位女士（举手投足恭谦有礼）。他衣着寒酸，为人质朴，吃着面包和奶酪；然而，他正带领着他们踏上一次伟大的远征，尽管她知道，他们都会葬身海底。

　　"那条船就是在那儿沉下去的。"麦卡利斯特的儿子突然开口道。

那三个男人就淹死在我们现在的这个地方,那名老人说。他亲眼看见他们死死抱住桅杆不放。拉姆齐先生看了看那个地方,詹姆斯和卡姆害怕他会脱口而出:

*只是,我沉在更汹涌的海面下。*①

如果他真这样做了,他们可受不了,他们会尖声大叫,他们实在忍受不了他胸中沸腾翻滚的激情再一次爆发;但出乎他们意料的是,他只是"啊"了一声,仿佛暗自思忖,有什么好大惊小怪的呢?风暴中有人丧生是理所当然的,这是十分简单明了的事情,而且要知道,大海的深处(他把三明治包装纸上的碎屑撒向海面)不过是海水。然后,他点燃烟斗,又掏出怀表。他聚精会神地盯着那块表,可能,他进行了一些运算。终于,他志满意得地说:

"干得不错!"好像在说詹姆斯为他们掌舵时,俨然一名天生的水手。

---

① 出自威廉·柯珀的《被抛弃的人》。

听啊！卡姆心中默默地对詹姆斯说。你终于如愿以偿了。因为她知道，这正是詹姆斯一直以来渴求的，而且她知道，他现在如愿以偿了，一定会大喜过望，他不会看向她，或他的父亲，或任何人。他手握舵柄，身板挺直地坐那儿，绷着个脸，微蹙眉头。他喜在心头，不愿让任何人分享他的一丝喜悦。他的父亲夸赞了他。他们一定以为他完全无动于衷。但你现在如愿以偿了，卡姆想。

他们转舵控帆，抢风航行，轻快灵巧地颠簸在绵延不绝、摇摆不定的浪涛之上，一个接一个的浪头接过轻舟，欢欣鼓舞地托着他们驶过重重暗礁险滩。左侧，一排褐色的礁石露出水面，海水变浅了，颜色更显青绿；滚滚波涛不断冲击着其中一块更高耸的岩石，浪花飞溅，喷出一小股水柱，水滴如骤雨般洒落。充盈于耳的是海水的拍击声，水花溅落的啪嗒声，以及海浪翻滚、飞跃、拍击岩石的嘘嘘嘶嘶声，仿佛它们是一群无拘无缚的野兽，要永远这样摇摆、欢腾和嬉戏下去。

这当儿，他们瞧见灯塔上站着两个人，正在望着他们，准备迎接他们。

拉姆齐先生扣好上衣纽扣,挽起裤腿。他拿起南希准备的那个捆扎拙劣的大牛皮纸包,把它搁在膝盖上。他做好了上岸的一切准备,就坐在那里回头眺望岛屿。他那双远视眼或许可以把那座岛屿看得真切,它小得宛如一片树叶,竖立在一只金黄色的盘子上。他能看见什么?卡姆不禁好奇。她往那个方向望去,眼前只是模糊一片。此刻他在想些什么?她想知道。他这样目不转睛、心无旁骛又默默无言地在探寻什么?他们姐弟俩都看着他,他坐在那儿,没戴帽子,膝上搁着一个牛皮纸包,久久地凝视着那抹缥缈的蓝色,它仿佛是什么东西烧尽后残余的一缕轻烟。您想要什么?他俩都想问。他俩都想说:随便问我们要什么,我们都会给您。但他什么也没有问他们要。他坐在那儿凝望那座岛屿,或许在想,我们死去,各自沉没;抑或是,我终于到了,我终于找到了。但他什么也没有说。

然后,他戴上了帽子。

"拿上那些纸包。"他冲着南希为他们整理的要带去灯塔的东西点点头,说道。"给灯塔看守人带的纸包。"他说。他起身立在船头,高大挺拔,詹姆斯只觉得他仿佛在说:"没有神。"他抱着纸包,像小伙子那样身手敏捷地跳上岩石,卡姆觉得他仿佛纵身跃入了太空,他们俩都站起身来,紧随他的步伐。

13

"他一定已经到了。"莉莉·布里斯科大声说,突然感到心力交瘁。因为她已经几乎看不见那座灯塔了,它隐没进了一片蓝色的雾霭之中。她一边努力地看着灯塔,一边努力想象他在那儿上岸的情景——二者似乎是一体的,是同一种努力——她的身体和精神抻到了极限。啊,但她松了口气。不管那天早上他离开之际她想要给他什么,她终于都给他了。

"他上岸了,"她大声说,"终于了结了。"之后,老卡迈克尔先生猛地立起身,站在她的身旁,微微喘着粗气,像一位苍老的异教神祇,毛发浓密杂乱,头发上粘着水草,手里握着三叉戟(那不过是一部法国小说)。他与她并肩站在草坪边缘,他壮硕的身躯微微摇晃,抬起一只手，搁在眼睛上方遮阳，说道："他们就要上岸了。"她觉得她一直以来的感觉没错。他们无须交谈。他们一直在想同样的事情，而她什么也没问，他就回答了她的问题。他站在那儿，仿佛正在伸开双手，遮住人类所有的软弱和痛苦；她觉着他正在宽容而悲悯地审视着他们最后的归宿。随着他的手缓缓落下，她想，现在他已让这一幕圆满结束，她仿佛看见他任凭一只由堇菜和阿福花编织的花环从他的头顶落下，飘飘摇摇，最终落到了地上。

她仿佛受到了那边什么东西的召唤，急忙转向她的画布。它就在眼前——她的画。是的，它所有的绿与蓝，它恣意纵横的线条，它对什么东西的企图。她想，它会被挂在阁楼上，它会被毁坏。可那又有什么关系呢？她重新提起画笔，自问道。她看向台阶，空落落的；她看向画布，模糊不清。她的内心泛起一阵突如其来的强烈悸动，仿佛在那一瞬间看清了它，她在画布的中央添了一笔。完成了，画好了。是的，她疲惫不堪地放下画笔，想：我终于画出了我曾见到的景象。